KB048629

처음 읽는 월든

돋을새김 푸른책장 시리즈 **001**

처음 읽는 월든(개정판)

초판 발행   2004년 3월 15일
개정 4판   2021년 9월 01일

지은이 | 헨리 데이비드 소로
편역자 | 권혁
발행인 | 권오현

펴낸곳 | 돋을새김
주소 | 경기도 고양시 일산동구 하늘마을로 57-9 k씨티빌딩 301호
전화 | 031-977-1854 팩스 | 031-976-1856
홈페이지 | http://blog.naver.com/doduls 전자우편 | doduls@naver.com
등록 | 1997.12.15. 제300-1997-140호
인쇄 | 금강인쇄(주)(031-943-0082)

ISBN 978-89-6167-308-2 (03840)
Korean Translation Copyright ⓒ 2021, 권혁

값 12,000원

*잘못된 책은 구입하신 서점에서 바꿔드립니다.
*이 책의 출판권은 도서출판 돋을새김에 있습니다. 돋을새김의 서면 승인 없는 무단
 전재 및 복제를 금합니다.

돋을새김
푸른책장
시 리 즈

0 0 1

처음 읽는 월든

헨리 데이비드 소로 지음 | **권혁** 편역

돋을새김

"내가 숲으로 들어간 것은
삶을 의도적으로 살아보기 위해서,
다시 말해 삶의 본질적인 사실들만을
대면해보고자 했기 때문이다."

헨리 데이비드 소로 1817~1862

월든 호수

소로는 이 월든 호수를 '콩코드의 보석'이라고 칭송했다. 지금은 해마다 60만 명 이상이 이 호수를 찾고 있다.

소로의 숲 속의 집

소로가 직접 지은 집은 네 평 남짓한 작은 공간이었지만, 그곳에서 그가 얻은 평화는 무한한 것이었다. (사진은 그의 글을 근거로 만든 집의 모형이다)

소로의 옛 집터

소로의 집이 있었던 자리임을 표시하는 안내문과 이곳을 찾은 순례자들이 소로에
대한 존경의 표시로 놓고 간 돌들이 쌓여 있다.

콩코드에 있는 소로의 생가(위)와 무덤
소로는 1862년 자신이 태어난 집에서 폐결핵으로 임종을 맞았다.

자연주의적 실천을 보여준
아름다운 녹색 서적

헨리 데이비드 소로에게는 다양한 수식어가 따라다닌다. 사상가, 문학가, 자연주의자, 초월주의자, 환경보호론자, 채식주의자, 무정부주의자, 시인, 동식물 연구가, 철학자 등등….

수많은 호칭들이 말해주듯 소로는 정치, 경제, 문화, 교육, 예술, 종교 등 다양한 분야에 깊은 지식과 사상을 지니고 있었다. 그의 사상은 세계 곳곳에서 활동하며 업적을 남긴 위대한 인물들에게 지대한 영향을 끼쳤다.

그의 무정부주의적인 견해를 담고 있는 《시민불복종》은 '세계의 역사를 바꾼 책'으로 평가받고 있다. 인도의 독립운동을 하던 마하트마 간디는 그의 저서들을 통해 '비폭력 무저항주의 운동'의 기틀을 마련했으며 영국의 노동 운동가들과 나치 점령하의

레지스탕스 대원들 그리고 마틴 루터 킹 같은 인권운동가들의 사상에 밑거름이 되었다.

'최초의 녹색서적'으로 불리는 소로의 저서《월든》은 1960년대부터 환경오염 문제가 전세계적인 이슈로 떠오르면서 새롭게 주목받고 있다.

영국의 시인 예이츠(William Butler Yeats)도 "한때《월든》을 읽고 이니스프리 섬에서 소로의 생활 방식을 따르겠다는 생각을 가졌었다"고 고백했으며, 미국의 강철왕 카네기(Andrew Carnegie)는《월든》을 가리켜 불멸의 책이라 극찬했다.

자연을 인간의 입장에서 바라보는 인간 중심주의의 폐해가 속속 드러나며 지구는 현재 중병에 빠져들고 있다. 이제 자연을 인간에게 유리하게 변형시킬 것인가를 연구하기보다는 자연과 어떻게 공존할 것인가를 진지하게 생각하고 실천해야만 한다. 자연과 함께 사는 법을 실천을 통해 세상에 알린 소로의 가장 큰 업적은 앞으로도 오랫동안 기억될 것이다.

차례 |

1

숲에서의 생활

인류는 동굴생활에서부터 야자나무 잎사귀, 나무 껍질과 나뭇가지, 아마포, 풀과 짚, 널빤지 그리고 돌과 타일로 된 지붕을 만들어내는 발전을 거듭해 왔습니다. 마침내 인류는 툭 트인 공간에서의 생활에 대해 모르게 되었고 우리들이 현재 생각하는 것보다 더 다양한 의미에서 길들여진 생활을 하게 되었습니다. 우리들의 몸과 아름다운 자연 사이에 아무런 장벽도 없는 상태로 더욱 많은 시간을 보낼 수 있다면 얼마나 좋은 일이겠습니까.

여기에 실린 대부분의 글들을 쓸 때 나는 매사추세츠 주의 콩코드에 있는 월든 호숫가의 숲 속에 내 손으로 직접 집 한 채를 짓고서 혼자 살고 있었습니다. 그곳에서 살아가는 데 필요한 모든 것들은 나 자신의 노동을 통해 해결했습니다. 2년 2개월 동안 그곳에서 살았으며 지금은 다시 문명화된 세상으로 돌아와 머물고 있습니다.

나는 이 지역의 청년들이 농장과 주택, 창고, 가축 그리고 농기구들을 물려받는 것을 불행한 일이라 생각합니다. 그러한 것들은 손에 넣기는 쉽지만 버리기는 쉽지 않기 때문입니다. 차라리 탁 트인 초원에서 태어나 늑대의 젖을 먹고 자라나는 것이 그들에겐 더 좋은 일이었을 것입니다. 만약 그렇게 되었더라면 그들이 그토록 고생하며 일구어야만 하는 들판을 보다 더 명쾌한 시선으로 바라볼 수 있었을 것이기 때문입니다.

누가 그들을 땅의 노예로 만들었을까요? 한모금의 먼지만 먹어도 충분한 그들이 왜 60에이커나 되는 땅의 흙먼지를 먹어야만 하는 걸까요? 그들은 왜 태어나는 그 순간부터 자신들의 무덤을 파기 시작해야만 하는 것일까요? 그들은 그런 모든 것들을 애써 밀고 나아가면서, 있는 힘을 다해 인간으로서의 삶을 살아가야만 하는 것입니다.

유산이 없는 사람들, 그래서 물려받은 이런저런 거추장스러운 물건들과 씨름하지 않아도 되는 사람들도 자신의 조그마한 몸 하나를 주체하는 데에 많은 노력이 필요하다는 것을 알고 있습니다.

이렇듯 사람들은 엉뚱한 고생을 하고 있는 것입니다. 인간의 몸이 땅에 묻혀 퇴비가 되기까지는 그리 오랜 시간이 걸리지 않습니다.

흔히들 숙명이라 불리는 거짓 운명에 사로잡힌 인간들은 어느 고서*에 씌어 있는 것처럼, 머지 않아 좀이 슬고 녹슬어버릴

---

* 성경, 마태복음 6:19. "너희는 스스로를 위하여 재물을 땅에다가 쌓아 두지 말라. 땅에서는 좀이 먹고 녹이 슬어서 망가지며, 도둑들이 뚫고 들어와서 훔쳐 간다."

재물, 또 도둑이 몰래 침입하여 훔쳐가게 될 그 재물을 모으기에 몰두해 있습니다.

인간들이 그러한 사실을 인생이 끝나기 전에 알아차리지 못하고 마지막에 이르러서야 알게 된다면 그것이야말로 진짜 바보들의 인생이라 할 것입니다.

다른 나라들에 비해 자유롭다는 이 나라에서도 대다수의 사람들이 무지와 잘못된 생각으로 인해, 쓸데없는 근심과 부질없이 격한 노동에 사로잡혀, 인생의 보다 훌륭한 열매를 자신들의 손으로 직접 거두어들이지 못하게 된 것입니다. 힘겨운 노동에 시달린 그들의 두 손은 너무나 투박해지고 또 너무나 심하게 떨려 그 열매를 딸 수 없게 된 것입니다.

인간 본성의 가장 멋진 특질들은 마치 열매의 표면에 붙어 있는 과분(果粉)과 같아서 매우 섬세한 손길로 다루어야만 보존될 수 있습니다. 그럼에도 불구하고 우리들은 자기 자신은 물론이

거니와 타인들도 그다지 부드럽게 다루지 않고 있습니다.

경험에 의해 예리해진 내 눈에는 대부분의 사람들이 한없이 품위 없고 소심한 생활을 하고 있다는 것이 아주 뚜렷하게 보입니다. 사람들은 새로운 사업을 시도하고 또 빚더미에서 빠져나오기 위해 부단히 노력하지만 은행빚은 언제나 한도액까지 가 있습니다.

빚이란 아주아주 오랜 옛날부터 있었던 헤어나기 힘든 늪지대입니다. 구리로 동전을 만들어 사용했던 옛 로마 사람들은 빚을 '남의 구리'라고 불렀습니다. 사람들은 여전히 꼭 갚겠다는 약속을 하면서, 이 '남의 구리'에 파묻혀 생활하고 또 죽어가는 것입니다. 지불 불능 상태에 빠진 그들은 내일 꼭 갚겠다는 약속을 하면서, 바로 오늘 죽어가고 있는 것입니다.

대중들의 평가는 우리들이 스스로를 향해 내리는 평가에 비하면 나약한 폭군이라 할 수 있습니다. 사람들이 자기 자신에 대해 평가하는 것이야말로 그 자신의 운명을 결정하는 것이며 더 나아가 지표가 되는 것입니다.

: 삶의 방식은 다양합니다

우리들이 지니고 있는 편견은 하루라도 빨리 버리는 것이 좋습니다. 그것이 아주 오래 전부터 전해져 내려온 사고방식이거나 행동양식일지라도 검증을 거치지 않은 것이라면 신뢰할 수 없습니다.

현재 모든 사람들이 진실일 것이라 공감하고, 침묵 속에 받아들이고 있는 것이 미래에는 거짓이었음이 드러나게 될지도 모릅니다. 많은 사람들이 들녘을 기름지게 하는 단비를 흩뿌려줄 구름으로 믿었던 것이 그저 평판이라는 이름의 단순한 연기(煙氣)였을 수도 있다는 것입니다.

어느 농부가 내게 이런 말을 해주었습니다.

"채소만 먹고는 살아갈 수가 없어요. 채소에는 뼈를 만들어주는 성분이 전혀 없기 때문이죠."

그래서 그 농부는 무척이나 열성적으로 자신의 몸에 뼈의 원료를 공급하기 위해 하루의 대부분을 아낌없이 쏟아붓고 있습니다. 이런 이야기를 하는 동안 농부가 줄곧 뒤따르고 있던 그 황소는 사실, 풀만 먹고 만들어진 뼈로 모든 장애물들을 헤치며 농부와 묵직한 쟁기를 이끌고 있는 것입니다.

인생의 다채로움과 기쁨을 무력하게 만드는 따분함과 무기력은 분명 아담이 살던 시대에서부터 있어왔던 것 같습니다. 그러나 인간의 수용한계는 아직까지 제대로 측정된 적이 한번도 없습니다. 또한 과거의 전례에 비추어 인간이 어떤 일까지 할 수 있는지를 판단할 수도 없습니다. 그동안 인간들이 무엇을 할 수 있는지 시도해 본 것이 거의 없기 때문입니다.

여러분들이 지금까지 어떤 실패를 겪어왔는지 알 수는 없지만, "나의 아들아, 괴로워하지 말아라. 네가 아직 완성하지 못하고 남겨둔 일을 누가 실패했다고 비난을 하겠느냐?"*

* 힌두교의 고전 《비슈누 푸라나 The Vishnu Purana》에서 인용.

22

나는 사람들이 지금보다 훨씬 더 확실한 자신감을 가져도 좋다고 생각합니다. 자기 자신에 대한 지나친 걱정일랑은 털어버리고 진지하게 다른 일들에 신경을 써도 괜찮습니다. 자연은 인간의 강인함에 순응하는 것과 마찬가지로 나약함에도 어울리게 되어 있기 때문입니다. 끊임없는 근심과 긴장에 싸여 살고 있는 사람들은 거의 치료가 불가능한 질병에 걸려 있다고 할 수 있습니다.

사람들은 자신이 하고 있는 일의 중요성을 지나치게 과장하려는 경향이 있습니다. 하지만 실제로는 사람들이 이루어내지 못하는 일들이 얼마나 많습니까? 그러다가 병이라도 들게 된다면 어떻게 할 것입니까?

방심하지 않기 위해 사람들이 얼마나 안달복달하고 있습니까! 사실 사람들은 피할 수만 있다면 신념에 의해 살아가지 않겠다고 마음먹고 있는 것입니다. 온종일 긴장에 싸여 있다가 겨우 밤이 되어서야 마음에도 없는 기도를 올리고 불확실성에 우리 자신을 내맡기며 살고 있는 것입니다.

사람들은 너무나 철저하고도 진지하게 현재의 생활 방식을 굳게 신봉하고 있으며 변화의 가능성을 거부하고 있는 것입니다.

'이렇게 사는 방법 외에는 없어!'라고 말하지만 하나뿐인 원의 중심에서 수없이 많은 반지름을 그을 수 있는 것처럼 살아가는 방법은 수없이 많이 있습니다.

　일부 현명하지 못한 사람들은 지구 반대편에 있는 거칠고 기후도 맞지 않는 지역으로 건너가 10년 혹은 20년간이나 온힘을 다해 장사에 골몰합니다. 그들의 목표는 결국 고향인 뉴 잉글랜드에 돌아와 안락한 따뜻함 속에 살다가 죽는 것이지요. 그러나 사치스러울 정도로 돈이 많은 사람들은 안락한 따뜻함 속에 사는 것이 아니라 비정상적일 정도의 뜨거움 속에 살고 있는 것이라 할 수 있습니다. 앞서 말했던 것처럼 그들은 '새로운 (생활의) 유행'에 의해 휘둘리고 있을 뿐입니다.
　거의 대부분의 사치품들과, 수많은 이른바 생활 편의용품들은 꼭 있어야만 되는 것들이 아님은 물론이거니와 더 나아가 분명 인류의 존엄성을 향상시키는 데에 방해가 되는 것들입니다.
　사치품과 생활 편의용품에 대해 조금 더 이야기하자면, 가장 현명한 사람들은 언제나 가난한 사람들보다도 더 소박하고 모자란 듯한 생활을 해왔다는 것입니다. 중국과 인도, 페르시아와 그리스의 철학자들은 외적으로는 그 어느 누구보다 가난했지만 내적으로는 그 어느 누구보다도 부유한 사람들이었습니다.

우리들은 그들에 대해 제대로 알고 있지도 못하지만, 현재 우리들이 알고 있는 것만큼만 해도 대단한 일이기도 합니다. 보다 더 많은 현대의 개혁자들과 인류의 공헌자들에 대해서도 마찬가지일 것입니다.

　자발적인 빈곤이라 불러야 할 우월한 위치를 차지하지 않는다면 그 어느 누구도 인간적인 삶의 공정하고도 현명한 관찰자가 될 수 없습니다. 농업과 상업 혹은 문학이나 예술에서든 사치스러운 생활의 결과물은 사치일 수밖에 없는 것입니다.

: 옷에 갇힌 사람이 되지 마십시오

　옷을 사려 할 때 우리들은 어쩌면 실용성보다는 새것을 좋아하는 심리와, 타인들의 평가에 더 의지하게 됩니다.

　일을 해야 하는 어떤 사람에게 있어 옷을 입는 목적은 우선 체온을 유지하는 것이며 둘째로는 알몸을 가리기 위해서라는 사실을 기억하고 있어야 합니다. 그것을 인식하고 있다면 지금 꼭 해야만 하는 중요한 일을 수행하는 데 더 많은 옷이 필요하지 않다는 것을 금세 판단할 수 있을 것입니다.

나는 옷을 기워 입었다는 것 때문에 남을 얕잡아 본 적이 없습니다. 하지만 세상사람들은 대개 건전한 생각을 갖추고 사는 것보다는 유행에 맞는 옷을 입거나 최소한 깨끗하고 기운 흔적이 없는 옷을 입는 것에 더욱 신경을 쓰고 산다는 것을 알고 있습니다.

그러나 찢어진 옷을 그대로 입고 있다 해도 그것 때문에 드러날 결점은 기껏해야 약간 부주의했다는 것 정도일 뿐입니다.

어느 개가 옷을 입은 사람들이 자기 주인집으로 다가올 때는 마구 짖어댔지만 발가벗은 도둑이 왔을 때는 조용히 있더라는 이야기를 들은 적이 있습니다. 만약 옷을 벗겨 버렸을 때 사람들이 어느 정도까지 자신들의 신분을 유지할 수 있을까? 하는 것은 흥미진진한 문제입니다.

만약 당신이 그런 상황에 맞닥뜨린다면 가장 존경받는 계급에 속할 교양 있는 사람들을 분명하게 가려낼 수 있겠습니까?

만약 어떤 사업을 시작하려 한다면 늘 입던 옷을 입고서 시작하십시오.

사람들은 누구나 다 '갖추고 해야 할' 그 무엇을 원하는 것이 아니라 '이룩하고 싶은' 그 무엇, 혹은 '되고 싶은' 그 무엇을 원하는 것입니다.

헌 옷이 제아무리 남루하고 지저분해졌다 하더라도, 그 일을 실행하고 계획하고 또 추진해낸 후, 그래서 마침내 스스로가 헌 옷을 입은 새 사람이 되었다고 느껴질 때까지, 낡은 술병에 새 술을 담고 있다고 느껴질 때까지는 절대로 새 옷을 입어서는 안 될지도 모르겠습니다.

날짐승들이 그렇듯이, 사람들의 탈태(脫態)는 인생의 중대한 시기에 이루어져야만 합니다. 물새는 털갈이를 하기 위해 외따로 떨어진 호수를 찾아 들어갑니다. 또한 뱀과 유충은 내적인 근면과 성장을 거친 후에야 허물을 벗고 고치를 벗어냅니다.

옷은 인간들의 외피일 뿐이며 속세에서의 괴로움일 뿐입니다.

옷을 간소하게 차려입어 캄캄한 어둠 속에서도 자신의 몸을 추스를 수 있어야 하며, 모든 점에 있어 일목요연하고 준비성 있게 생활하는 것이 바람직합니다. 그렇게 하면 만약 적의 군대가 도시를 침범해 들어오는 일이 벌어져도, 고대의 어떤 철학자[*]처럼 아무런 걱정도 없이 홀가분하게 성문을 빠져나갈 수 있을 것입니다.

어느 세대이건 사람들은 지나간 시절의 유행에 대해서는 코웃음을 치지만 새로운 것에 대해서는 열광적으로 따르려 합니다.

사람들은 헨리 8세나 엘리자베스 여왕의 옷차림도 마치 식인종들이 사는 섬의 왕이나 여왕이 입었던 옷을 구경하는 것처럼 재미있어 합니다. 사람의 몸에서 벗겨진 옷들은 하나같이 보잘것없고 기괴하기까지 합니다.

입고 있는 옷이 비웃음을 사지 않고 고상하게 보이는 것은 그 옷을 입고 있는 사람에게서 발산되는 예리하고 진지한 성찰과 그 사람이 마음 속에 품고 있는 진지한 삶의 자세 때문입니다.

[*] 고대 그리스의 7인의 현인 중의 한 사람인 비아스.

비록 현재 우리가 살고 있는 곳보다 더 추운 지역에서 집 없이도 아주 오랫동안 살았다는 실례들이 있기는 하지만, 오늘날 주택이 인간의 삶에 있어 필수적인 요소가 되었다는 것을 부인하지는 않겠습니다.

새뮤얼 랭은 자신의 저서에서 '라플란드**의 사람들은 매일 밤 가죽옷을 입고 가죽 침낭을 어깨와 머리 위까지 뒤집어쓰고 눈 위에서 잠을 잔다. 그곳은 제아무리 따뜻한 털옷을 입고 있다 해도 얼어죽어버릴 만큼 추웠다'고 밝혔습니다.***

랭은 그곳 주민들이 그런 상태로 자는 것을 직접 보았지만 '그들이 다른 지역의 사람들보다 특별히 강인한 것은 아니었다'고 합니다.

인간은 처음부터 크고 강인한 신체를 가지고 태어나지는 않았습니다. 그래서 인간은 자신의 세계를 좁게 한정시켜야만 했고 또 자신이 살기에 적합한 담장을 두른 공간을 찾아내야만 했습

** Laplander: 스칸디나비아 반도의 북부지역.
*** 스코트랜드 출신의 작가이며 여행가인 새뮤엘 랭(Samuel Laing, 1780~1808)의 《1834~1835 그리고 1836년, 노르웨이에서의 삶의 기록》 중에서.

니다.

인류는 처음에는 발가벗은 채로 야외에서 생활했습니다. 그러나 맑고 따뜻한 날에는 쾌적했겠지만, 폭염은 논외로 하더라도, 햇살이 내리쬐거나 비가 내리는 계절 그리고 추운 겨울에는 서둘러 옷을 지어 입고 은신처를 만들어 들어가지 않았더라면 인류는 그 초기에 자취를 감추고 말았을 것입니다.

전해져오는 우화에 따르면 아담과 이브는 옷을 만들어 입기 전에 나뭇잎을 걸쳤다고 합니다. 처음에 인간은 따뜻하고 안락한 장소로서, 즉 물리적인 따뜻함을 느끼는 장소로서의 집을 원했지만 후에는 사랑의 따뜻함을 느끼는 장소로서의 집을 원했던 것입니다.

인류는 동굴생활에서부터 야자나무 잎사귀, 나무 껍질과 나뭇가지, 아마포, 풀과 짚, 널빤지 그리고 돌과 타일로 된 지붕을 만들어 내는 발전을 거듭해왔습니다. 마침내 인류는 툭 트인 공간에서의 생활은 기억하지 못하게 되었고 우리들이 현재 생각하고 있는 것보다 더 다양한 의미에서 길들여진 생활을 하게 되었습니다.

우리들의 몸과 아름다운 자연 사이에 아무런 장벽도 없는 상태로 더욱 많은 시간을 보낼 수 있다면 얼마나 좋은 일이겠습니까. 만약 시인들이 지붕 아래에서 시를 읊조리지 않고, 성자들이 지붕 밑에서 그토록 오래 머물지 않게 된다면 얼마나 좋을까요. 새들은 동굴 속에서는 노래하지 않습니다. 또한 비둘기들도 비둘기장 속에서는 깨끗함을 소중히 여기지 않습니다.

: 집 때문에 가난하게 사는 사람들

주택이라는 쓸데없이 큰 재산을 미래를 위한 자금으로 간직하고 있더라도 한 개인이, 그곳에서 얻을 수 있는 이익은 자신이 죽고 난 후에 치를 장례식 비용 정도일 수밖에 없습니다. 게다가 인간은 본인이 자신의 장례식을 치를 수도 없다는 것을 알아야 합니다.

'비난의 신'인 모모스*는 '나쁜 이웃들로부터 도망칠 수 있도

---

* Momus: 그리스신화에 나오는 조롱과 비난의 신.

록 바퀴 달린 집으로 만들지 않았다'는 이유로 미네르바*가 만든 집에 비난을 퍼부었습니다. 모모스의 비난은 지금에도 타당한 것입니다. 게다가 현재의 주택들은 쉽게 다룰 수도 없는 특성을 지니고 있기 때문에 사람들이 집에 살고 있다기보다는 오히려 감금되어 있는 경우가 더 많다고 할 수 있습니다. 그리고 피해야만 할 나쁜 이웃들이 바로 우리 자신들이기 때문에 모모스의 비난은 지금까지도 타당한 것이라 할 수 있습니다.

거의 대부분의 사람들이 주택 문제에 대해 눈곱만큼도 생각해 보지 않았던 것 같습니다. 그런 사람들은 자신의 이웃이 가지고 있는 정도의 집은 가져야만 한다는 생각 때문에 평생 동안을 가난하게 살고 있습니다. 사실은 그렇게 살 이유가 전혀 없는데도 말입니다.

우리들은 왜 더욱 더 많은 것을 얻으려고 끊임없이 노력해야

* Minerva: 그리스 신화에 나오는 지혜의 여신.

만 하는 것일까요? 간혹 더 자그마한 것으로도 만족하는 법을 배우면 안되는 것일까요?

존경받는 시민들이 근엄한 목소리로 젊은 세대들을 향해 '죽기 전에 여분의 장화와 우산들 그리고 오지도 않을 손님들을 위한 빈 방들을 장만해야 한다'며 선례를 들고 모범을 보여가며 가르쳐야만 하는 것일까요?

: 월든 호숫가에 오두막집 짓기

1845년 3월 말 즈음에 나는 빌려온 도끼 한 자루를 들고 월든 호숫가의 숲 속으로 들어갔습니다. 호수 근처에 집을 한 채 짓기 위해 곧게 자라고 있는 싱싱한 백송나무들을 베어 넘기기 시작했습니다.(나무들 사이로 호수와 숲 속의 빈터가 보였으며, 호수의 얼음은 군데군데 녹아 물이 보이는 곳도 있었습니다.)

나는 조그마한 도끼 한 자루만을 갖고서 며칠 동안 나무를 자르고 다듬어 기둥과 서까래를 만들었습니다. 그러는 동안에는 남들에게 들려줄 이야기이거나 심각한 생각은 전혀 하질 않았고 줄곧 흥얼거리며 노래를 불렀습니다.

주된 목재로 쓰일 것들은 사방 6인치의 각목으로 다듬었으며 기둥용은 양면만을 다듬었고, 서까래와 바닥에 쓰일 목재들은 한쪽 면만을 다듬어 반대면은 나무껍질 채로 남겨두었습니다.

하루 온종일 숲 속에 있었던 것은 아니었지만, 식사를 위해 버터 바른 빵을 준비해 갔습니다. 정오가 되면 내 손으로 베어낸 푸르른 소나무 가지들 사이에 자리를 잡고 앉아 빵을 싸왔던 신문을 읽었습니다. 빵에서는 소나무의 향기가 배어나왔습니다. 내 양손에 송진이 잔뜩 묻어 있었기 때문입니다.

작업을 서둘러 하지 않고 오히려 아주 공을 들여 했기 때문에 4월 중순이 되어서야 기초구조를 만들고 집을 지을 수 있게 되었습니다.

널빤지들을 사용하기 위해 제임스 콜린스의 오두막집을 4달러 25센트를 주고 사두었습니다. 그 집 안주인의 말대로 천장과 사방 벽 그리고 창문에 쓰인 널빤지들은 아주 훌륭했습니다.

매매계약을 체결한 다음 날 아침에 나는 그 오두막집을 헐었습니다. 널빤지에 박혀 있는 못을 뽑아낸 다음 조그마한 수레에 싣고 호숫가의 풀밭 위에 이리저리 널어 놓았습니다. 햇볕에 말려 변해버린 나무색과 비틀린 모양을 바로잡기 위해서였습니다.

5월 초순이 되어 마침내 알고 지내던 사람들의 도움을 받아 집의 기본적인 골격들을 세웠습니다. 꼭 도움이 필요했던 것은 아니었지만 이런 일을 통해 이웃간의 정을 돈독히 하고 싶었기 때문이었습니다.

7월 4일, 벽에 널빤지들을 붙이고 지붕을 올리고 곧바로 입주를 했습니다. 널빤지의 가장자리를 얇게 깎고 세심하게 겹쳐놓았기 때문에 완벽할 정도로 비가 새지 않았습니다.

　나는 따뜻한 화롯불이 필요하기 전인 가을 동안에는 밭에서 괭이질을 하고 난 후에 굴뚝 만드는 작업을 했습니다. 그동안에는 아침 일찍 집 밖에서 식사 준비를 했습니다.
　나는 여전히 집 밖에서 음식 준비를 하는 것이 일상적으로 집 안에서 하는 것보다 어느 면에서는 더 편리하기도 하고 또 마음 편한 방법이라고 생각하고 있습니다. 빵이 다 구워지기도 전에 비바람이 불어올 때는 모닥불 위쪽에 몇 장의 널빤지를 고정시켜 놓고 그 아래에 앉아 구워지고 있는 빵을 바라보며 즐거운 시간을 보내곤 했습니다.

　새들이 자신의 둥지를 만드는 것만큼이나 사람들이 자신의 집을 스스로 짓는 것은 자연스러운 일입니다.
　만약 사람들이 직접 집을 짓게 되고, 단순하고 정직하게 자신과 가족들에게 필요한 양식을 공급한다면 모든 사람들에게 다 시적 재능이 생겨나지는 않을까요? 마치 새들이 둥지를 짓고 양식을 구하러 다닐 때 언제나 노래를 부르는 것처럼 말입니다.

하지만 안타깝게도 사람들은 박달새나 뻐꾸기와 같은 짓을 하고 있습니다. 그 새들은 다른 새들이 지어놓은 둥지에 알을 낳습니다. 그리고 수다스럽고 음악적이지도 않은 그 새들의 울음소리는 나그네들에게 아무런 기쁨도 주질 못합니다.

집 짓는 일의 기쁨을 영원히 목수들에게 넘겨주어야만 하는 것일까요?

내 집을 짓는 데 사용된 정확한 건축 비용은 다음과 같습니다. 사용한 자재들은 평상적인 시세에 따라 지출했으며, 내 자신의 노동에 대한 노임은 제외했습니다. 자기가 살고 있는 집의 건축 비용을 정확하게 말할 수 있는 사람은 극히 드물고, 더 나아가 갖가지 자재들의 개별적인 단가를 알고 있는 사람은 더욱 드물 것이기 때문에 그 상세한 내역을 작성해 보았습니다.

• 널빤지 : 8달러 3.5센트
• 지붕과 벽면에 사용한 재생 널빤지 : 4달러

- 벽 속에 넣은 나뭇가지와 지푸라기 : 1달러 25센트
- 재활용한 유리 달린 창문 2개 : 2달러 43센트
- 헌 벽돌 1,000개 : 4달러
- 석회 2통 : 2달러 40센트(값이 비쌌다)
- 석회용 붓 : 31센트(필요한 것보다 많았음)
- 벽난로 용 철제틀 : 15센트
- 못 : 3달러 90센트
- 돌쩌귀와 나사못 : 14센트
- 걸쇠 : 10센트
- 백묵 : 1센트
- 운반비 : 1달러 40센트(스스로 등짐을 져 나른 것이 많다)

※ 총 28달러 12.5센트가 들었다

이것이 내가 공유지에 자리를 잡은 사람의 권리로 가져다 쓴 목재나 돌 그리고 모래 등을 제외한 자재의 모든 것입니다.

마침내 나는 집을 원하는 학생은 자신이 지금 매년 내고 있는 집세보다 많지도 않은 비용으로 평생 동안 살 수 있는 자기 집을

가질 수 있다는 사실을 알게 되었습니다.

　　청년들이 인생을 직접 한번 겪어보는 것보다 살아가는 법을
제대로 배울 수 있는 방법이 또 있을까요? 겪어보게 되면 수학
학습만큼이나 정신을 훈련시킬 수 있을 것입니다.
　　예를 들어, 내가 어떤 소년에게 예술과 과학에 대해 가르치고
싶다면, 나는 그 소년을 어느 교수에게로 보내는 식의 일반적인
방법을 따르지 않을 것입니다. 그 교수가 있는 곳에서는 모든 것
에 대한 강의가 이루어지고 실습도 하겠지만 삶의 예술만큼은
가르쳐주지 않을 것이기 때문입니다.
　　망원경이나 현미경으로 세상을 관찰하는 법을 가르치겠지만
자신의 눈으로 직접 세상을 바라보는 법은 가르쳐주지 않을 것
이기 때문입니다. 화학을 배우겠지만 자기가 먹을 빵이 어떻게
구워지는가는 배우지 않을 것이며, 기계학을 배우기는 하겠지
만 생계를 어떻게 꾸릴 수 있는가는 배우지 않을 것이기 때문입
니다. 또 해왕성의 새로운 위성을 발견할 수는 있겠지만 자기
눈에 생긴 티는 보지 못할 것이며, 자기 자신이 어떤 악당의 들
러리 노릇을 하고 있는지 알아차리지 못할 것이기 때문입니다.

한 방울의 식초 속에 서식하는 괴균들은 연구하면서도 주변에 우글거리고 있는 괴물들에게 잡아먹히고 있음은 모를 것이기 때문입니다.

: 먹을 만큼 농사짓고 필요한 것만 소유하십시오

집을 완성하기 전에, 정직하고도 납득할 만한 방법으로 비상시에 쓸 10~12달러쯤의 돈을 벌어야겠다는 생각을 했습니다. 그래서 2에이커 반쯤 되는 푸석푸석한 모래땅에 주로 강낭콩을 심고 자투리 땅에는 감자와 옥수수 그리고 완두콩과 무를 심었습니다.

그 밭 전체는 11에이커 정도가 되는 규모로 주로 소나무와 호두나무가 자라고 있었으며 그 전 해에 1에이커당 8달러 8센트에 팔린 땅이었습니다. 어떤 농부는 이 땅에 대해 '찍찍거리는 다람쥐를 기른다면 모를까 아무짝에도 쓸모없는 땅'이라고 말하기도 했습니다.

첫해에 내 경작지에서 농기구와 종자 구입비 그리고 노임 등으로 지출한 비용은 모두 14달러 72.5센트였습니다. 옥수수 종자는 그냥 얻어다 썼습니다. 아주 많이 심는 것이 아니라면 씨앗 값은 굳이 말할 필요조차도 없을 정도였습니다. 나는 그 땅에서 강낭콩 12부셸, 감자 18부셸 그리고 소량의 완두콩과 옥수수를 거두어들였습니다. 하지만 노란 옥수수와 무는 시기를 놓쳐 거둬들일 만한 것이 없었습니다.

나의 경작지에서 거두어들인 수입총액은 23달러 4센트가 되었습니다. 지출된 금액인 14달러 72.5센트를 제하고 나면 순이익이 8달러 71.5센트가 되었습니다. 그동안 먹어버린 것을 제외하고도 손익 계산을 할 무렵에는 대략 4달러 50센트어치의 농작물이 남아 있었습니다.

그 다음 해에 나는 농사를 더 잘 지을 수 있었는데 그것은 내 능력에 걸맞은 약 3분의 1에이커 정도의 땅을 경작할 수 있었기 때문이었습니다. 그리고 아더 영*을 비롯한 농경에 관한 저명한

---

* Arthur Young: 영국의 작가. 《실험적 농경법》(1770)외 다수 농업관계 서적들이 당시에 큰 영향을 끼쳤다.

저자들의 책에서도 배울 수 없었던 2년에 걸친 경험에서 비롯된 것이었습니다.

그것은 바로 '만약 한 사람이 소박하게 살아가면서 자신이 직접 경작한 농작물만을 먹고 또 자신이 먹을 수 있을 만큼만 경작하며, 또한 거둬들인 농작물을 호사스럽고 값비싼 물품들과 바꾸려고만 하지 않는다면 단지 몇 '라드'의 땅만 경작해도 충분하다는 것입니다.

나는 바위들이 본래 있던 그 자리에 있는 것을 훨씬 더 좋아합니다. 테베*에서 보게 된 풍광은 그야말로 천박한 장관이었습니다.

수백 개의 대문이 있는 테베의 신전은 인생의 진정한 목적에서 너무 멀어져버렸기 때문에 차라리 어느 정직한 사람의 밭을 둘러싸고 있는 아담한 돌담이 더욱 아름다운 모습이라고 생각합니다.

미개하고 이교도적인 종교이거나 문명일수록 화려한 신전들을 건축합니다. 그러나 진실한 기독교도들은 그런 짓을 하지 않

* Thebae: 고대 이집트 제국의 수도. 카르나크와 룩소르의 신전과 분묘가 유명하다.

습니다. 어느 나라에서건 다듬어진 바위들은 거의 대부분 무덤을 장식하는 용도로 쓰였습니다. 그런 행위는 그 자신들을 생매장하는 것일 뿐입니다.

나는 나에게 필요한 만큼의 호밀이나 옥수수는 쉽게 경작할 수 있다는 사실을 알게 되었습니다. 호밀은 척박한 땅에서도 잘 자라며 옥수수 역시 아주 좋은 땅이 아니더라도 재배할 수 있기 때문입니다. 호밀과 옥수수를 맷돌에 갈아서 먹으면 쌀이나 돼지고기를 먹지 않아도 됩니다.

그리고 설탕이 꼭 필요한 경우가 생기면 호박이나 사탕무를 이용해서 아주 훌륭한 당밀을 만들어낼 수 있다는 것을 실험을 통해 알게 되었습니다. 당분을 더 쉽게 얻고 싶으면 단풍나무 몇 그루를 심기만 하면 된다는 것을 알게 되었으며 단풍나무가 자라는 동안에는 앞서 이야기한 것들을 대용품으로 사용하기만 해도 충분했습니다.

내 집의 가구들 중 몇몇 가지는 내가 직접 만들었고 나머지 것들 중에 계산에 넣지 않은 것들도 전혀 비용이 들지 않은 것입니다.

침대, 탁자, 책상, 의자 세 개, 3인치짜리 거울, 부젓가락 한 벌, 장작받침쇠, 솥, 냄비, 프라이팬, 국자, 대야, 나이프와 포크 두 벌, 접시 세 개, 컵, 스푼, 기름단지, 당밀단지 그리고 옻칠을 한 램프 하나가 내가 지닌 가구들입니다.

만약 당신이 천리안을 지닌 사람이라면, 어떤 사람을 만날 때 그 사람이 소유하고 있는 모든 것과 자신의 것이 아닌 척하고 있는 소유물들, 심지어는 부엌 가구와 그 외에 태워버리지 못하고 줄곧 모아두고 있는 온갖 잡동사니들을 볼 수 있을 것입니다.

이런 소유물들에 꽁꽁 매인 채로 앞으로 나아가려고 무척 애를 쓰고 있는 그 사람을 볼 수 있을 것입니다. 그 사람 자신은 옹이구멍이나 출입문을 통해 겨우 빠져나갔지만 썰매에 실어 놓은 한 무더기의 가구들이 그처럼 빠져나오지 못하기 때문에 궁지에 빠져 있는 것이라 할 수 있습니다.

한번은 이 땅으로 이주를 해온 어떤 사람이 자기 소유물을 잔뜩 집어넣은 보따리를 어깨에 둘러메고서 비틀거리며 걷고 있는 것을 본 적이 있습니다. 그 보따리는 그 사람의 목덜미를 비집고 나온 커다란 혹처럼 보이더군요. 나는 그 사람이 무척 불쌍하다고 생각했습니다. 그 보따리가 그 사람이 가진 전부라고 생각되어 불쌍했던 것이 아니라 그 모든 것을 다 짊어지고 다녀야 했기 때문이었습니다.

만약 내가 덫 하나를 끌고 다녀야만 하는 경우에 부닥친다면, 가능한 한 가벼운 덫을 고르기 위해 신경 쓰고 또 그 덫에 급소를 다치지 않도록 조심하게 될 것입니다. 하지만 아예 처음부터 덫 따위에 손을 대는 일은 안 하는 것이 현명한 일일 것입니다.

그리고 잠시 생각해보니 커튼을 만들기 위해 한 푼도 지출하지 않았다는 것을 이야기해야 할 것 같습니다.

해와 달 이외에는 그 어느 누구도 내 집 창문을 들여다보려 할 사람은 없을 것이고, 또 해와 달이 내 집 안을 들여다보는 건 내가 진심으로 바라는 바이기 때문이었습니다.

: 소박한 삶이 자유를 줍니다

내가 특별히 소중하게 여기는 것들이 있지만 그중에서도 특히 나의 자유를 소중하게 생각합니다. 자유를 위해 힘들게 노력하고 있으며 아직까지는 순조롭게 되어가고 있습니다. 나는 여태까지 호사스러운 양탄자를 얻기 위해서나, 좋은 가구나 맛있는 요리, 또는 그리스나 고딕 양식의 고급 주택을 갖기 위해 시간을 허비하지는 않았습니다.

간략히 말하자면, 나는 신념과 경험에 근거하여 다음과 같은 확신을 가지고 있습니다. 그것은 사람들이 소박하고 현명하게만 생활한다면 이 세상에서 살아간다는 일이 고통이 아니라 오히려 즐거움이라는 것입니다.

부모로부터 약간의 땅을 물려받은 어떤 청년이, 만약 자신에게 재산만 어느 정도 있다면 내가 사는 것처럼 살고 싶다고 말했던 적이 있습니다. 나는 어떤 이유에서건 다른 사람들에게 나와 같은 생활 방식을 따르라고 강요할 생각이 없습니다.

　그 사람이 나의 생활방식을 제대로 배우기도 전에 나 스스로가 또 다른 방식을 찾을 수도 있는 것이며, 이 세상에는 가능한 한 무수히 많은 종류의 사람들이 있어야 한다고 생각합니다. 오히려 나는 모든 사람들이 아버지나 어머니 혹은 이웃들의 방식을 따르기보다는 저마다의 고유한 방식을 조심스럽게 찾아내어 그 길을 따라가야 한다고 생각합니다.

　젊은이들은 집을 짓거나, 농사를 짓거나 혹은 항해를 할 수도 있습니다. 그러니 그저 젊은이들이 하고 싶어 하는 일을 하지 말라고 방해만 하지 않고 있으면 됩니다.

　최근에 두 젊은이가 세계일주 여행을 함께 떠나기로 했다는 이야기를 들었습니다. 한 사람은 여비가 전혀 없어 배에서, 농장에서 품을 팔아 경비를 조달할 것이라 했지만, 다른 한 사람은 환어음 한 장을 주머니에 챙겨 떠나기로 했다고 합니다. 그 두 사람이 동행으로서 그리고 협력자로서 그리 오래 함께하지 못할 것이라는 건 쉽게 예상할 수 있습니다. 두 사람 중 한 명이 협력을 하지 않을 것이기 때문입니다. 어쩌면 그들은 자신들의 모험 중에서 처음으로 마주치게 될 위기 상황에서 헤어지게 될 것입니다.

내가 말하고자 하는 것 중에서 무엇보다 중요한 것은, 혼자 여행을 떠나려는 사람은 오늘이라도 당장 떠날 수 있지만 동료와 함께 떠나려는 사람은 상대방이 준비될 때까지 기다려야 하기 때문에 출발하기까지 오랜 시간이 걸릴 수 있다는 것입니다.

: 오염된 선행을 베풀기보다 건강한 자유를 선택하십시오

파에톤*은 선행을 베푸는 것을 통해 자신이 신의 아들이라는 것을 증명해 보이고 싶어했습니다. 하지만 어느날 태양의 마차를 타고 달리던 그는 도로를 벗어나는 바람에 하늘 아래 저지대 마을의 가옥들과 지구의 표면을 모두 태워버리고, 샘이란 샘은 모두 마르게 하여 마침내 사하라 사막을 만들어버렸습니다. 그

---

* 그리스 신화에 나오는 태양신 헬리오스의 아들.

48

리하여 주피터(제우스) 신은 번개를 내리쳐 그를 지구로 내동댕이쳐버렸습니다. 그러자 태양은 그의 죽음을 슬퍼하여 1년 동안이나 빛을 비추어 주지 않았습니다.

　오염된 선행에서 피어오르는 냄새만큼 고약한 것은 없습니다. 그것은 신의 썩은 고기이며 또한 인간의 썩은 고기일 뿐입니다. 만약 어떤 사람이 의도적인 선행을 베풀기 위해 나의 집으로 오고 있다는 사실을 알게 되면 나는 있는 힘껏 도망쳐버리고 말 것입니다.

　나는 사람들이 꽃처럼 피어나고 열매처럼 결실 맺기를 원합니다. 훌륭한 향기가 사람들로부터 풍겨나오고 서로간의 만남에서 농익은 과일의 풍미가 느껴지기를 바라는 것입니다. 사람들의 선행은 편파적이거나 일시적인 것이 아니라 끊임없이 흘러넘치되 아무런 희생도 없으며 의식하지 못하는 것이어야 합니다. 사람들의 선행은 수없이 많은 죄악을 덮어주는 자비와 같은 것이어야 합니다.

우리들이 진정으로 인디언적이며 야생적이고 자성적이며 자연적인 방법을 통해 인류를 회복시키려 한다면 제일 먼저 우리 스스로가 자연처럼 소박하고 건강한 상태가 되어야 합니다.

우리들의 머리 위에 어른거리는 탁한 구름을 걷어내고 우리들 숨구멍을 통해 아주 적은 생명이나마 받아들여야 합니다. 가난한 사람들이나 감독하는 사람으로 머물려 하지 말고 드넓은 세상에 사는 한 사람의 가치 있는 인간이 되도록 노력해야 합니다.

나는 페르시아의 시인, 사디*가 쓴 〈굴리스탄〉(장미정원)에서 다음과 같은 구절을 읽었습니다.

사람들이 현자에게 물었다.

"지고한 신께서 장엄하고도 울창하게 창조해내신 온갖 훌륭한 나무들 중에 열매도 맺지 못하는 삼나무 외에는 '자유의 나무'라고 불리지 못하는 것은 어찌된 영문입니까?"

---

* 사디(Sadi, 1213~1291): 페르시아의 시인. 페르시아 고전문학 작가 중에서 가장 위대한 사람 중의 하나. 그의 작품 〈굴리스탄〉은 이슬람교도들에게 추천하는 기본 덕목을 적절하게 표현한 운문시이다.

현자는 대답했다.

"나무란 저마다의 과일이 있고 제철이 있기 때문에 제철에는 싱싱하고 꽃을 피우지만 철이 지나면 마르고 시들게 된다. 그러나 삼나무는 어느 철에도 속하지 않고 항상 싱싱하다. 자유로운 사람들, 즉 종교적으로 독립된 사람들은 그와 같은 천성을 지니고 있는 것이다. 그러니 덧없는 것에는 마음을 두지 말아야 한다. 칼리프**들이 패망한 후에도 티그리스 강은 바그다드를 가로지르며 영원히 흐를 것이다. 혹시 가진 것이 많거든 대추야자나무처럼 아낌없이 남에게 주되 가진 것이 없다면 삼나무처럼 자유인이 되어야 한다."

** Caliph: 정치와 종교의 지배권을 갖는 이슬람 교단의 지배자. 아라비아어로 '상속자'를 뜻한다.

2
나는 그곳에서
무엇을 위해 살았나

사람들은 왜 그토록 인생을 낭비해가며 허겁지겁 살아야만 하는 것일까요? 우리들은 배가 고파오기도 전에 이미 굶어 죽지 않겠다는 각오를 하고 있습니다. 사람들은 적절한 때에 꿰맨 한 땀이 훗날에 있을 아홉 바늘의 수고를 덜어준다고 말하지만 그들은 훗날의 아홉 바늘을 대비한다며 오늘 천 땀의 바늘을 꿰매고 앉아 있습니다.

내가 숲을 찾아간 것은 삶의 본질적인 모습들만을 마주하며 인생을 보다 진지하게 살아보기 위해서였습니다. 그리고 인생이 내게 가르치려 한 것들을 제대로 배울 수 있을 것인지를 알아보기 위해서였습니다. 또한 죽음에 이르렀을 때에서야 비로소 제대로 된 삶을 살지 못했음을 깨닫게 되는 어리석음을 원치 않았기 때문이었습니다.

진정한 삶이 아닌 삶을 바라지 않았던 이유는 삶이 너무나도 소중했기 때문이었습니다. 또한 꼭 그래야만 하는 경우가 아니라면 체념도 하지 않기를 바랐기 때문이었습니다.

나는 깊이 있는 삶을 살고자 했으며 인생의 정수를 속속들이 빨아들이기를 원했습니다. 나는 진정한 인생이 아닌 것은 낱낱이 뒤집어엎어버렸던 스파르타의 사람들처럼 강인하게 살기를 원했습니다. 풀숲을 널찍하고 세심하게 깎아 길을 내고 그 길을 따라 내 인생을 한구석으로 몰아넣은 후 가장 기본적인 생활조건들만 갖추고 살고자 했습니다.

그리하여 그러한 삶이 비천한 것으로 밝혀지면 그 비천한, 있는 그대로의 총체적인 모습을 한꺼번에 모아 세상에 알리고 싶었습니다. 그러나 그러한 삶이 숭고한 것으로 드러나게 된다면 그 숭고함을 온몸으로 체험하기를 바랐으며 다음번의 여행길에서 그러한 삶에 대한 진실된 보고서를 제출할 수 있게 되기를 바랐던 것입니다.

: 단순하고 단순하게 그리고 또 단순하게

우리의 인생이 사소한 일들에 파묻혀 찔끔찔끔 낭비되고 있습니다. 정직한 사람이라면 셈을 할 때 열 손가락 이상을 사용할 필요가 거의 없습니다. 굳이 필요한 경우가 생긴다면 열 개의 발가락을 사용하면 될 것입니다. 그 나머지는 한 덩어리로 묶어 처리해버리면 됩니다.

단순하고, 단순하게 그리고 또 단순하게 살아가기를 바랍니다! 부디 자신의 문제를 수백 가지, 수천 가지로 늘어놓지 말고 단 두 세 가지로 줄여버리십시오. 수백만 가지가 아니라 대여섯

가지로 만들어 그 계산은 엄지 손톱 위에서도 할 수 있도록 만들어 놓으십시오.

지금 우리들의 국가는 지나칠 정도로 부산하게 운영되고 있습니다. 사람들은 국가가 무역을 하고 얼음을 수출하며 전신망을 통해 의사소통을 하고 한 시간 내에 30마일을 달려가는 따위의 일들이 필수적인 것이라 생각합니다. 꼭 그렇게 해야만 하는 것인지에 대해서는 아무런 의구심도 품지 않습니다.

하지만 인간이 미개한 원숭이처럼 살아야만 하는 것인지 아니면 인간답게 살아야 하는 것인지에 대해서는 아무런 확신도 없는 것입니다.

사람들은 왜 그토록 인생을 낭비해가며 허겁지겁 살아야만 하는 것일까요? 우리들은 배가 고파오기도 전에 이미 굶어 죽지 않겠다는 각오를 하고 있습니다. 사람들은 적절한 때에 꿰맨 한 땀이 훗날에 있을 아홉 바늘의 수고를 덜어준다고 말하지만 그들은 훗날의 아홉 바늘을 대비한다며 오늘 천 땀의 바늘을 꿰매고 앉아 있습니다.

일에 있어서도 마찬가지여서, 우리들은 정작 중요한 일들은 전혀 하지 않고 있습니다. 흔들흔들 춤추는 병에 걸려 머리를 차분하게 유지할 수도 없는 상태에 빠져 있는 것입니다.

허겁지겁 서두르지 않고 차분히 분별력을 발휘할 수 있을 때에야 비로소 위대하고 가치 있는 것만이 항구적이고 절대적인 가치를 지니고 있음을 깨닫게 될 것입니다. 또한 하찮은 두려움이나 사소한 쾌락은 참된 진실의 그림자에 불과하다는 사실을 알게 될 것입니다. 이 숭고한 진리는 언제나 우리들에게 용기를 불어넣어줍니다.

뉴잉글랜드*의 주민들이 지금처럼 보잘것없는 생활을 하고

---

* 미국의 북동부, 소로가 살던 매사추세츠를 비롯하여 메인, 뉴햄프셔, 버몬트, 코네티컷, 로드 아일랜드 6개주에 걸친 지역을 말한다. 명칭대로 영국계 이주민이 많이 살던 곳이다.

있는 이유는 사물의 이면까지 꿰뚫어보지 못하기 때문이라고 생각합니다. 우리는 단순히 눈앞에 존재하는 것처럼 보이는 것들을 실제로 존재하는 것이라고 생각하고 있습니다.

사람들은 진리가 저 먼 곳 어딘가에 있는 것으로 간주합니다. 사람들은 진리가 이 우주의 외곽 어딘가에, 가장 먼 곳에 있는 행성 너머에, 아담이 살았던 시절 이전에, 혹은 최후의 인간 이후에 있는 것처럼 생각합니다. 사실 영원 속에는 진실하고 고귀한 그 어떤 것이 있습니다. 그러나 모든 시간과 장소 그리고 사건들은 바로 지금 여기에 있는 것입니다. 신마저도 지금 이 순간에 가장 고결한 위치에 있는 것이며, 과거와 미래를 포함한 그 어떤 시기에도 지금보다 더 신성하지는 않을 것입니다. 우리들을 둘러싸고 있는 진실을 줄기차게 받아들이고 또 그것에 동화됨으로써 숭고하고 고결하다고 판단되는 능력을 얻게 되는 것입니다.

3
독서

책은 이 세상에서 가장 소중한 자산이며 모든 세대와 모든 민족들에게 남겨진 고귀한 유산입니다. 집집마다 그 집안의 선반에는 가장 오래되고 훌륭한 책들이 자연스럽고 당당하게 진열되어 있습니다. 책은 어떤 대의명분을 내세우려 하지 않습니다. 하지만 책이 독자들을 계발하고 그들에게 정신적인 자양분을 공급하는 역할을 하는 한 양식이 있는 사람이라면 책을 버리지 않을 것입니다.

"책이 내게 주는 이로운 점은 자리에 가만히 앉아서도 정신 세계의 이곳저곳을 돌아다닐 수 있다는 것이다. 단 한 잔의 술로도 흠뻑 취할 수 있는 것과 같은 즐거운 경험을 심오한 교리라는 술을 통해 맘껏 만끽할 수 있다."*

그리스어로 호메로스**나 아이스킬로스***의 글을 읽는 학생들은 방탕과 쾌락에 빠져들 염려는 없을 것입니다. 이 책들을 읽는 동안 어느 정도까지는 책 속에 등장하는 영웅들을 본받으려 노력할 것이며, 책장을 넘기며 아침 시간을 경건하게 보낼 것이기 때문입니다.

비록 모국어로 인쇄되어 있다 하더라도 영웅들을 찬미한 이런

---

* 18세기 힌두의 시인 미르 카마르 웃딘 마스트의 글에서 인용.
** BC 9~8세기 경에 활동한 그리스의 시인. 《일리아스》와 《오디세이아》의 작가.
*** BC 525~456. 그리스의 극작가.

책들은 타락한 시대의 사람들에게는 언제나 죽은 언어로서 받아들여질 것입니다. 그렇기 때문에 우리들은 단어와 문장 하나하나에 대해 진지하게 접근하여 지혜와 용기 그리고 관용과 같은 일상적인 관념들을 보다 더 큰 의미로서 파악해야만 하는 것입니다.

근년에 다양한 번역물들이 값싸고 풍부하게 출판되고 있지만 영웅들을 찬미한 고대의 작가들에게 한 발짝 다가서게 하는 데에는 아무런 역할도 못하고 있습니다. 그들은 여전히 고독하게 느껴지며 그들이 인쇄해낸 문자들은 여전히 희귀하고 괴상하게만 보입니다. 비록 몇 마디 되지 않는다 하더라도 청년시절의 소중한 시간을 바쳐 고전 속의 어휘들을 공부하는 것은 충분히 가치 있는 일입니다. 그런 어휘들은 거리에 나뒹구는 천박함을 뛰어넘을 수 있는 영원한 계시와 동기를 부여해줄 것입니다. 농부일지라도 자신이 어딘가에서 들었던 라틴어 구절들을 기억하고 입 밖으로 소리 내어보는 것이 쓸데없는 짓만은 아닌 것입니다.

: 고전은 현존하는 신탁입니다

인류의 가장 고귀한 생각들이 기록되어 있는 것이 고전 외에
또 어떤 것이 있을까요? 고전은 소멸하지 않고 남아 있는 유일
한 신탁입니다. 고전 속에는 델포이*나 도도나** 신전에서도 제
시하지 못하는 가장 현재적인 질문에 대한 해답들이 들어 있습
니다. 고전에 대한 연구를 소홀히 하는 것은 오래 되었다는 이유
로 자연에 대한 연구를 소홀히 하는 것과 다름이 없습니다.

알렉산더 대왕이 원정을 떠날 때 보석 상자에 언제나 〈일리아
스〉를 넣어 두었다는 것은 조금도 이상한 일이 아닙니다.

기록으로 남겨진 언어는 역사가 남겨준 유물 중에서도 가장
소중한 것입니다. 그것은 다른 어떤 예술작품보다 더 친근하며
보다 더 커다란 보편성을 지니고 있는, 삶의 본질에 가장 가까이
근접해 있는 예술 작품입니다.

* 델포이 : 그리스인들이 세계의 중심이라고 생각했던 곳. 개인이나 국가의 중요한 결정을
  내릴 때 이곳에서 신탁을 받았다.
** 도도나 : 그리스의 신 제우스의 신탁소가 있던 성역.

책은 이 세상에서 가장 소중한 자산이며 모든 세대와 모든 민족들에게 남겨진 고귀한 유산입니다.

집집마다 그 집안의 선반에는 가장 오래되고 훌륭한 책들이 자연스럽고 당당하게 진열되어 있습니다. 책은 어떤 대의명분을 내세우려 하지 않습니다. 하지만 책이 독자들을 계발하고 그들에게 정신적인 자양분을 공급하는 역할을 하는 한 양식이 있는 사람이라면 책을 버리지 않을 것입니다.

기왕에 글 읽는 법을 배웠다면, 최고의 문학작품들을 읽어야 할 것입니다. 평생 초등학교 4, 5학년생처럼 교실 맨 앞줄에 앉아 언제까지나 '에이 비 씨'와 단음절로 된 단어들만을 되풀이하고 있어서는 안될 것입니다.

내가 알고 있는 어떤 중년의 나무꾼은 프랑스어 신문을 받아보고 있습니다. 새로운 소식을 알기 위해 그 신문을 보는 것이 아니라 캐나다에서 태어났으므로 '프랑스어'를 잊지 않기 위해 읽는 것이라고 합니다.

그에게 이 세상에서 이루고 싶은 특별한 일이 있는지를 물었을 때 그는 프랑스어와 더불어 영어도 계속 공부하여 어휘력을 기르고 싶다고 대답했습니다.

이러한 것이 바로 대학교육을 받은 사람들이 일반적으로 원하고 있는 지적 활동의 평균수준이며 그러한 목적을 위해 영어 신문을 구독하는 것입니다.

플라톤의 이름을 알고 있으면서도 언제까지나 그의 저서를 읽지 않을 수가 있을까? 그것은 우리 마을 사람인 플라톤을 알면서도 한 번도 만나본 적이 없는 것과 같은 일이며, 바로 옆집 사람인 그의 말을 들어보지도 못하고 그가 건네는 말에 담긴 예지에 귀 기울이지 않는 것과 같은 일입니다.

그런데 지금 나는 플라톤의 영원 불변한 지혜가 담긴 《대화》가 바로 옆 선반에 놓여 있음에도 그 책을 거의 들추어보지 않고 있다는 것입니다.

한 권의 책을 읽고 자기 인생의 새로운 기원을 마련한 사람들은 무수히 많습니다. 우리에게 기적들에 대해 설명해주고 또 어쩌면 새로운 기적들을 계시해줄 책도 어딘가에 있을 수도 있습니다.

지금 말로는 도저히 표현해낼 수 없는 것이 어떤 책에는 표현되어 있을지도 모릅니다.

우리들을 당혹하게 만들고 혼란에 빠뜨리며 마음속에 파문을 일으키고 있는 문제와 똑같은 문제 또한 모든 현명한 사람들에게도 제기되었던 것들입니다. 어느 한 문제도 빠짐없이 제기되었던 것들입니다. 그리고 그 현명한 사람들은 저마다 그 질문에 대한 해답을 제시했던 것입니다. 자신의 능력에 맞추어 그리고 자신의 고유한 언어와 생활방식으로 해답을 제시했던 것입니다.

: 성인이 되어서도 배움은 지속되어야 합니다

우리는 자신들이 19세기에 속해 있다는 사실과 어느 나라보다 급속한 발전을 이루고 있음을 자랑합니다. 그러나 스스로의 문화적 향상을 위해서는 아무것도 하지 않고 있다는 것을 생각해보아야 합니다.

나는 마을 사람들에게 아첨하고 싶은 생각도 없으며 그들로부터 아첨받고 싶은 생각도 없습니다. 그런 일은 서로의 발전에 아무런 의미가 없기 때문입니다. 느리게 걷는 소가 채찍질 당하는 것처럼 우리들도 채찍을 맞으면서라도 앞으로 달려갈 필요가 있습니다.

마을에 성인들을 위한 학교를 건립하여 청소년들이 어른이 되는 시점에서 교육을 중단하는 일이 없도록 해야 할 때가 되었습니다.

모든 마을이 대학이 되고 나이 든 주민들은 그 대학의 특별연구원이 되어 남은 평생을 여유롭게 교양으로서의 학문을 추구해야 할 때가 된 것입니다. 이 세계가 언제까지나 파리 대학과 옥스퍼드 대학만으로 한정되어 있을 필요는 없습니다.

우리 마을에 학생들을 머물게 하며 콩코드의 하늘 밑에서 교양교육을 받게 할 수는 없을까요? 아벨라르* 같은 뛰어난 학자

---

* 피에르 아벨라르(Peter Abelard, 1079~1144) : 프랑스의 신학자 겸 철학자. 제자였던 엘로이즈와의 사랑 이야기로도 유명하다.

를 모셔와 강의를 듣게 할 수는 없을까요?

　뉴잉글랜드의 여러 마을들이 체재비를 공동으로 부담하는 조건을 내세워 세계 곳곳의 현인들을 불러들여 우리들을 가르치게 할 수도 있으며, 또 그렇게 함으로써 지방성을 완전히 탈피할 수도 있습니다.
　그러한 것이 바로 우리들에게 필요한 성인을 위한 학교입니다. 귀족들 대신 보통사람들로 구성된 고귀한 마을을 건설합시다. 강에 놓을 다리 하나를 줄이고 그래서 조금 더 돌아가야 하는 경우가 생긴다 하더라도 그 비용으로 우리를 둘러싸고 있는 컴컴한 무지의 심연 위에 구름다리 하나를 놓도록 합시다.

숲 속의 소리들

그 계절을 지내며 나는 밤새 훌쩍 커버리는 옥수수처럼 무럭무럭 자랐습니다. 사실 그런 시간들이 손을 놀려 해야 하는 그 어떤 일들보다 훨씬 쓸모 있는 일이었습니다. 그때의 시간들은 내 인생에서 떨어져나간 시간들이 아니라 오히려 나에게 부여되어 있는 생명의 시간 외에 주어진 특별 수당과도 같은 것이었습니다.

그 어떤 방법이나 훈련도 언제든지 정신을 바짝 차리고 있는 자세를 대신할 수는 없습니다. 눈에 보이는 그대로의 것을 끊임없이 지켜보는 훈련에 비하면 제아무리 잘 선택한 역사나 철학 그리고 시의 흐름도 그리고 제아무리 훌륭한 사회생활도 또 가장 모범적인 생활습관도 그리 대단한 것일 수는 없습니다.

그저 단순한 독자 혹은 학생이 되고 싶습니까? 아니면 '제대로 바라보는 사람'이 되고 싶습니까? 당신의 눈앞에 있는 것들을 잘 관찰하여 당신의 운명을 읽고 나서 미래를 향해 걸어가십시오.

나의 삶에 아주 널찍한 공간이 있다면 좋겠습니다. 여름날의 아침에는 언제나처럼 몸에 물을 끼얹은 후에, 볕이 잘 드는 문간에 앉아 해가 떠오를 때부터 정오 무렵까지 공상 속으로 빠져들곤 했습니다. 주변에는 소나무, 호두나무 그리고 옻나무들이 무성했으며 그 어느 누구의 방해도 받지 않는 호젓함과 정적만이 사방에 맴돕니다. 몇 마리의 새들만이 노래하거나 소리 없이 집 안을 넘나들었습니다. 마침내 해가 서쪽 창문을 통해 비치거나 도로 위를 달리는 어느 여행객의 마차바퀴 소리를 듣고서야 비로소 시간이 훌쩍 흘러가버렸음을 알아차리곤 했습니다.

그 계절을 지내며 나는 밤새 훌쩍 커버리는 옥수수처럼 무럭무럭 자랐습니다. 사실 그런 시간들이 손을 놀려 해야 하는 그 어떤 일들보다 훨씬 쓸모 있는 일이었습니다. 그때의 시간들은 내 인생에서 떨어져나간 시간들이 아니라 오히려 나에게 부여되어 있는 생명의 시간 외에 주어진 특별 수당과도 같은 것이었습니다.

내가 보내는 하루하루는 이교도의 신이 이름 붙여놓은 한 주일의 어떤 요일*이 아니었습니다. 또한 24시간으로 나뉘어져 째깍째깍하는 시계소리에 잡아먹히고 마는 그런 하루도 아니었습니다.

* 영어로 일요일(Sunday)에서부터 월요일(Monday)까지 일주일의 명칭은 게르만족이나 로마신의 이름에서 유래한 것이다.

: 삶은 수많은 장면으로 구성된 드라마

내 생활 방식은 적어도 사교계나 극장과 같이 밖에서만 오락을 찾을 수밖에 없는 사람들에 비해 분명한 이점을 지니고 있었습니다. 그것은 바로 생활 자체가 오락이었으며 새로운 것을 찾기 위해 멈춰 설 필요가 없었다는 것입니다. 내 생활은 수많은 장면으로 구성된 끝이 없는 드라마였습니다.

집안일은 즐거운 소일거리였습니다. 마루가 지저분해지면 아침 일찍 일어나 집 안의 모든 가구들을 하나씩 들어내어 문 밖의 풀밭 위에 옮겨 놓고서, 마룻바닥에 물을 끼얹고 호숫가에서 가져온 흰 모래를 뿌리고서 마루가 하얗게 될 때까지 대걸레질을 했습니다.

마을 사람들이 아침식사를 끝낼 무렵이 되면 다시 실내로 들어와 명상을 계속할 수 있을 만큼 아침 햇볕이 충분히 집 안을 말려주었습니다.

모든 가재도구들이 풀밭 위에 집시의 보따리처럼 한 무더기로 쌓이고 책과 펜과 잉크가 그대로 올려져 있는 삼각탁자가 소나무와 호두나무들 사이에 자리잡고 있는 모습을 바라보는 일은 유쾌했습니다.

그것들도 밖에 나와 있는 것을 즐기는 것 같았고 안으로 다시 들어가기를 원치 않는 것 같았습니다. 가끔은 그 물건들 위로 차일을 치고 그 아래에 자리를 잡고 앉아 있고 싶었습니다. 물건들 위로 햇빛이 드는 것을 보거나, 그 위로 바람이 자연스럽게 스쳐 지나가는 소리를 듣게 되는 건 아주 기분 좋은 일이었습니다.

가끔 창가에 앉아 있을 때, 바람이 전혀 불지도 않았는데 싱싱하고 여린 나뭇가지가 자기 무게를 못 이겨 부러지면서 팔랑개비처럼 땅으로 떨어지는 소리가 들리곤 했습니다.

: 군인보다 용맹한 상인들이 주는 감동

피츠버그 철도는 내가 살고 있는 곳에서 남쪽으로 약 500미터 되는 곳에서 호수를 끼고 지나칩니다. 나는 마을로 갈 때 그 철도길을 따라 걸어갑니다. 어찌 생각하면 그 철도는 나와 인간 사회를 연결시켜주는 역할을 하고 있는 셈입니다.

여름이든 겨울이든 숲을 가로질러 들려오는 기관차의 기적 소리는 마치 어느 농부의 경작지 위를 맴돌고 있는 매의 울음소리처럼 들리기도 합니다. 그 기적 소리는 나에게 분주한 도시 상인들이 마을의 경계선 안에 도착하고 있으며 그 반대편으로는 야심만만한 시골 장사꾼들이 모여들고 있다는 것을 알려줍니다.

나는 부에나 비스타*의 격전지에서 30분 동안을 버티어냈던 군인들의 영웅적인 행위보다 겨울 내내 제설기관차를 숙소로 삼아 생활하는 상인들이 보여주는 일관되면서도 낙천적인 용맹함에 더 큰 감동을 느낍니다.

그들은 나폴레옹이 보기 드문 용기라고 말했던 '새벽 3시의 용

---

* 부에나 비스타 : 멕시코 북부 지역. 1847년 멕시코 전쟁 때의 격전지.

기[*]를 넘어서는 무언가를 지니고 있습니다. 그들은 이른 시간에 휴식을 취하려 하지 않으며, 눈보라가 멈추거나 철마의 근육이 얼어붙었을 때에만 비로소 잠자리를 찾아 잠을 청합니다.

: 기쁨을 일깨우는 숲의 소리들

일요일에는 때때로 부드럽고 잔잔하게 불어오는 달콤한 바람에 실려 링컨과 액턴, 베드퍼드나 콩고드 마을로부터 종소리가 들려왔습니다. 그 소리는 너무나 자연스러워 야생의 자연에서 울려오는 소리 같았습니다.

대기를 팽팽히 당겨 만들어진 듯한, 또한 숲 속 나무들의 모든 잎사귀들과 대화를 나누는 듯한 그 멜로디는 소리의 요소들

---

* 본래는 '새벽 2시의 용기'로 나폴레옹은 자서전에서 '나는 아직 나보다 더 새벽 2시의 용기를 갖춘 자를 보지 못했다. 새벽 2시의 용기란 잠이 사정없이 몰려들 때 사람이 발휘하는 용기를 말한다.'고 했다.

이 포착되고 변주되어 계곡에서 계곡으로 메아리를 만들어내고 있습니다. 독특한 소리를 담고 있는 그 메아리는 마술적이며 매혹적인 소리입니다. 메아리는 아름다운 종소리를 반복해 울려줄 뿐만 아니라 숲의 목소리도 담아내어 울려옵니다. 그것은 숲 속의 요정이 불러주는 시구(詩句)나 노랫가락과도 같은 소리입니다.

　나는 부엉이들이 이 땅에 산다는 것을 기쁘게 생각합니다. 부엉이들은 사람들을 위해 바보스럽고도 미치광이 같은 울음소리를 들려주어야 합니다. 그들의 울음소리는 볕이 들지 않는 늪지대나 저물녘의 숲과 놀랄 만큼이나 어울리기 때문입니다. 그들의 울음소리는 인간들이 아직 제대로 알아차리지 못하고 있는 넓디넓은 개척되지 않은 자연을 떠올리게 합니다.

5

자연의 벗, 고독

나는 혼자 지내는 시간을 많이 갖는 것이 건강에 좋다고 생각합니다. 아무리 좋은 사람들일지라도 함께 있으면 이내 싫증이 나고 주의가 산만해집니다. 고독만큼 친해지기 쉬운 동료는 아직껏 만나보지 못했습니다. 사람들은 보통 방안에 혼자 있을 때보다 사람들 사이를 돌아다닐 때 더 고독한 것입니다. 사색하는 사람이나 일을 하는 사람은 어디에 있든지 언제나 혼자입니다. 고독은 사람과 사람 사이의 거리로 잴 수 있는 것이 아닙니다.

내가 살고 있는 곳은 대체로 거대한 평원만큼이나 쓸쓸한 곳입니다. 뉴잉글랜드이지만 아시아나 아프리카에 있는 듯한 생각이 듭니다. 사실 나에게는 나만을 위한 해와 달과 별이 있으며 오직 나만을 위한 작은 세상도 가지고 있습니다. 밤이 되어도 내 집을 지나치거나 문을 두드리는 나그네는 전혀 없습니다. 그래서 마치 내 자신이 이 세상 최초의 인간이거나 혹은 마지막 인간인 것 같은 생각이 듭니다.

사계절과 벗이 되어 즐거운 시간을 보내는 동안에는 그 어떠한 것도 나의 삶에 짐이 되지 않을 것이라 믿고 있었습니다. 오늘 내 콩밭을 적시며 나를 집 안에 머물도록 만드는 저 보슬비는 전혀 눅눅하거나 음울하지 않으며 도리어 나에게 도움을 주고 있습니다. 보슬비로 인해 콩밭을 매지는 못하지만 보슬비는 내가 호미질을 하는 것보다 훨씬 더 훌륭한 일을 하고 있습니다.

비가 아주 오랫동안 내리게 되면 땅속의 종자들이 썩어 낮은 지대의 감자 농사는 망치겠지만 높은 지대에서 자라고 있는 풀들을 잘 자라게 할 것이며 그렇게 된다면 나 자신에게도 좋은 일인 것입니다.

나는 보통의 사람들이 거칠고 황량하다고 느끼는 곳에서도 친근한 무언가가 존재하고 있음을 뚜렷이 느꼈습니다. 어떤 한 사람이나 익숙한 마을 사람들만이 혈연처럼 가깝다거나 가장 인간적이라고 느끼는 것도 아니며, 어떤 장소라 할지라도 이제 다시는 낯설게 여기지 않을 것임을 분명히 느꼈습니다.

: 고독만큼 친한 친구는 없습니다

사람들은 언제나 이렇게 말을 건네곤 합니다.
"그곳에서 사는 건 무척 외로운 일이겠군요. 특히 눈이나 비가 오는 날이나 밤에는 이웃이 그립지 않겠습니까?"

그들에게 나는 이렇게 대답해주고 싶습니다.

"우리가 살고 있는 지구는 그 자체가 우주의 한 점에 불과합니다. 저 별의 넓이는 인간이 만들어낸 기계로는 측정할 수조차 없습니다. 그런데 저 별에서 가장 멀리 떨어진 곳에 사는 두 사람의 거리가 얼마나 멀 것이라고 생각하십니까? 내가 왜 외로울 것이라고 생각하시는 거죠? 우리의 지구가 은하수 안에 있다는 사실을 모르시나요?"

사색을 통해서만 건전한 의미의 열광 속에 빠질 수 있습니다. 의식적인 노력을 통해서만 행위들과 그 결과들로부터 초연하게 비켜 서 있을 수 있습니다. 그렇게 되면 좋은 일이든 나쁜 일이든 격류처럼 우리들의 곁을 지나쳐 흐르게 될 것입니다.

나는 혼자 지내는 시간을 많이 갖는 것이 건강에 좋다고 생각합니다. 아무리 좋은 사람들일지라도 함께 있으면 이내 싫증이 나고 주의가 산만해집니다. 고독만큼 친해지기 쉬운 동료는 아직껏 만나보지 못했습니다. 사람들은 방 안에 혼자 있을 때보다 사람들 사이를 돌아다닐 때 더 고독한 것입니다. 사색하는 사람이나 일을 하는 사람은 어디에 있든지 언제나 혼자입니다. 고독은 사람과 사람 사이의 거리로 잴 수 있는 것이 아닙니다. 하버드 대학의 북적대는 교실 속에서도 진정으로 공부에 몰두하고 있는 학생은 사막의 수도승만큼이나 고독한 법입니다.

사람들은 너무나도 서로 엉키어 살고 있기 때문에 서로의 길을 막기도 하고 걸려 넘어지기도 하는 것입니다. 그러한 일을 겪으며 사람들은 서로에 대한 존경심을 잃어버리게 된 것입니다. 조금 더 뜸하게 만난다 해도 흉금을 터놓는 중요한 대화에는 전혀 지장이 없을 것입니다.

숲 속에서 길을 잃고 굶주림과 피로에 지쳐 어느 나무 밑에서 거의 죽을 뻔했던 어느 사람의 이야기를 들었습니다. 그 당시 그는 쇠약해진 육체로 인한 병적 환상에 싸여 자신이 기괴한 환영들 가운데 놓여 있다고 생각했고 또 그것을 현실로 믿었습니다. 그러나 결국 그 환영들 덕분에 고독감을 떨치고 목숨을 건질 수 있었다고 합니다.

육체적, 정신적인 건강과 활력을 가지고 있으면서 더욱 정상적이고 자연스러운 만남을 통해 기운을 얻게 되면, 우리들은 전혀 혼자가 아님을 알게 될 것입니다.

6

방문객들

나는 나를 찾아온 사람들이 지닌 특성들을 알아차리게 되었습니다. 어린 소년소녀들과 젊은 여성들은 대체적으로 숲 속에 온 것을 좋아하는 것 같았습니다. 그들은 호수를 가만히 들여다보거나 꽃들을 살펴보며 자신들에게 주어진 시간을 훌륭하게 보냈습니다. 농부들도 그랬지만, 사업을 하는 남자들은 오로지 외로움과 내가 무얼 먹고 사는지 그리고 이처럼 마을에서 멀리 떨어져 사는 것에 대해서만 관심을 보였습니다.

내 집에는 의자가 세 개 있습니다. 하나는 고독을 위해, 또 하나는 우정을 위해 그리고 나머지 하나는 사교를 위한 것입니다.

　우리들이 그저 와자지껄하게 떠들어대는 수다쟁이들이라면 뺨과 턱이 마주 닿을 만큼 그리고 상대방의 숨소리를 들을 수 있을 만큼 가까이 다가앉아 이야기를 나누어도 괜찮을 것입니다.
　그러나 보다 신중하고 사려 깊은 이야기를 나누려 한다면 서로가 내뿜는 동물적인 열기와 습기가 증발될 수 있도록 조금은 더 거리를 두고 있어야 할 것입니다. 대화의 범위 밖에 있는, 서로의 마음속에 남겨져 있는 것을 진정으로 알고자 한다면 침묵을 지키며 말소리가 들리지 않을 정도의 거리를 두고 있어야 할 것입니다.

어느 곳에 살든지 찾아오는 사람들을 피해 살 수는 없습니다. 나는 숲 속에 사는 동안, 내 생애의 그 어떤 시기보다 더욱 많은 방문객들을 맞이했습니다. 방문객들이 조금은 있었다는 말입니다. 숲 속에서 나는 다른 곳에서보다는 조금 더 유리한 환경 속에서 사람들을 만났습니다. 중요하지 않은 일로 찾아오는 사람들이 줄어들었기 때문입니다. 나의 집이 마을에서 멀리 떨어져 있다는 사실만으로도 방문객들이 줄어들었던 것입니다.

나는 고독이라는 드넓은 바다 한가운데로 물러나 머물고 있었으며, 사람들과의 만남이 배제된 강물들이 그곳으로 흘러들어왔습니다. 그 강물들은 대부분 나의 필요에 의해서만 훌륭한 퇴적물들을 싣고 와 내 주변에 쌓았습니다. 또한 발견되지 않았거나 경작되지 않은 대륙이 저 반대편 어느 곳에 있을 것임을 알려주는 증거물들도 함께 떠내려왔습니다.

: 무엇이 그렇게 두렵습니까

나는 나를 찾아온 사람들이 지닌 특성들을 알아차리게 되었습니다. 어린 소년 소녀들과 젊은 여성들은 대체적으로 숲 속에 온 것을 좋아하는 것 같았습니다. 그들은 호수를 가만히 들여다보거나 꽃들을 살펴보며 자신들에게 주어진 시간을 훌륭하게 보냈습니다. 농부들도 그랬지만, 사업을 하는 남자들은 오로지 외로움과 내가 무얼 먹고 사는지 그리고 이처럼 마을에서 멀리 떨어져 사는 것에 대해서만 관심을 보였습니다. 그들은 가끔씩 숲 속을 거니는 것을 즐긴다고는 말했지만 사실은 즐기지 않는다는 것이 분명해 보였습니다.

먹고사는 문제를 해결하고 또 유지하는 데에 자신의 모든 시간을 다 바치는 분주한 사람들, 마치 독점권이라도 가진 것처럼 신에 대해 떠들어대며 그 외의 다른 어떤 견해도 용납하지 않으려는 목사들, 의사와 변호사들 그리고 내가 자리를 비웠을 때 찬장과 침대를 엿보는 무례한 가정주부들(그 부인은 어떻게 내 침대 시트가 자기 것보다 깨끗하지 않다는 것을 알았을까?), 더 이상 젊은이이기를 포기한 젊은이들, 조건이 좋은 안정된 직업을 선택하는 것이 안전하다고 결론을 내린 젊은이들, 이런 종류의 사람들은 한결같이 현재 내가 머물고 있는 곳에서는 중요한 일을 할 수 없다고 말합니다.

그렇습니다. 바로 그것이 문제였습니다. 그들처럼 고루하고 우유부단하여 겁이 많은 사람들은 질병과 불의의 사고 그리고 죽음에 대해서만 생각하며 살고 있습니다. 그들의 눈에는 인생이 위험으로 가득 차 있는 것입니다. 하지만 위험에 대해 생각하지 않는다면 그 어떤 위험도 없는 것입니다.

나는 병아리를 기르지 않았기 때문에 솔개를 두려워하지는 않았습니다. 오히려 사람을 귀찮게 하는 솔개 같은 사람들은 무척 두려워했습니다.

하지만 그런 사람들보다 훨씬 밝고 명랑한 사람들도 찾아오곤 했습니다. 딸기를 따러 온 아이들, 일요일 아침에 깨끗한 셔츠를 입고 산책하는 철도원들, 낚시꾼들과 사냥꾼들 그리고 시인과 철학자들, 한마디로 말해 그들은 진정으로 마을을 떠나 자유를 만끽하기 위해 숲으로 찾아온 정직한 순례자들이었습니다.

7

콩밭을 매며

콩밭 가까운 곳에 있는 자작나무의 가지 끝에서 갈색 개똥지빠귀(붉은지빠귀라고 부르기를 좋아하는 사람들도 있다) 한 마리가, 함께 있게 되어 기쁘다는 듯 아침 내내 노래를 부르고 있습니다. 그 새는 만약 내가 여기에 없었다면 다른 농부의 밭을 찾아 갔을 것입니다. 씨앗을 뿌리고 있는 동안, 그 새는 줄곧 종알거리고 있습니다.

"씨를 뿌려요. 씨를 뿌려! 흙을 덮어요. 뽑고, 뽑고, 뽑아요!"

내가 경작한 콩은 나와 대지를 연결시켜주었으며, 그로 인해 나는 안타이오스*처럼 대지로부터 강한 힘을 얻었습니다. 하지만 왜 내가 콩을 길러야 하는 걸까요? 그건 오직 하늘만이 알 것입니다. 나는 콩을 기르는 일에 여름 내내 흥미진진하게 몰두해 있었습니다. 양지꽃과 검은 딸기 그리고 물레나물 같은 향기로운 야생 열매와 아름다운 꽃들만이 자라고 있던 그 땅에 이제는 콩이 자라도록 했습니다.

콩을 통해 무엇을 배워야 하고 또 콩은 나에게서 무엇을 배우게 될까요? 나는 콩들을 소중히 다루며 호미질을 해주고 아침이든 저녁이든 눈을 떼지 않았습니다. 그렇게 하는 것이 내 하루의 일과입니다. 그 넓적한 콩잎들을 바라보는 것은 흐뭇한 일입니다.

---

* 안타이오스 : 그리스 신화에 등장하는 거인. 대지의 여신의 아들. 땅을 딛고 서 있을 때는 무적이어서 헤라클레스가 공중에 들어올려 기운을 뺀 뒤에 목 졸라 죽였다.

농사를 지을 때 소나 말의 도움을 받거나 남을 고용하거나 개량된 농기구를 전혀 사용하지 않았기 때문에 농사짓는 일은 더욱 더디게 진행되었지만 경작하던 콩들과는 보다 더 가까워질 수 있었습니다. 두 손만을 사용하는 노동은 그 일이 아무리 단조롭고 고되다 할지라도 결코 게으른 작업이 아닙니다. 맨손으로 하는 노동은 영원히 사라지지 않을 교훈을 담고 있습니다. 또한 학자들에게는 고전 작품을 뛰어넘는 성과를 가져다줄 것입니다.

콩밭 가까운 곳에 있는 자작나무의 가지 끝에서 갈색 개똥지빠귀(붉은지빠귀라고 부르기를 좋아하는 사람들도 있다) 한 마리가, 함께 있게 되어 기쁘다는 듯 아침 내내 노래를 부르고 있습니다. 그 새는 만약 내가 여기에 없었다면 다른 농부의 밭을 찾아갔을 것입니다. 씨앗을 뿌리고 있는 동안, 그 새는 줄곧 종알거리고 있습니다.

"씨를 뿌려요, 씨를 뿌려! 흙을 덮어요. 뽑고, 뽑고, 뽑아요!"

하지만 뿌리고 있던 씨가 옥수수는 아니었으므로 그 새와 같은 적들로부터 안전했습니다.

씨를 뿌리는 작업과 서투른 파가니니* 연주 같은 개똥지빠귀의 지저귀는 소리 사이에 무슨 관련이 있을지 의아하지만 그래도 씨앗에는 재거름이나 석회거름보다 그 새의 노랫소리가 훨씬 더 좋을 것 같습니다. 새의 노랫소리는 그 효과를 믿을 만한, 그리 비싸지 않은 웃거름입니다.

내가 콩을 심고, 가꾸고, 수확하여 털어내고, 팔고(이것이 가장 힘들었다), 먹게 되면서 맺어온 콩과의 오랜 사귐은 독특한 경험이라 할 수 있습니다. 나는 콩에 대해 제대로 알기 위해 노력했습니다. 콩이 자라는 동안에는 오전 다섯 시부터 정오까지 호미질을 해주었으며 그리고 나서야 평상적인 그 외의 일들을 처리했습니다.

어떤 사람이 콩밭을 가꾸면서 이런저런 잡초들과 맺게 되는 익숙하면서도 기묘한 관계에 대한 서술은 어느 정도 똑같은 이야기가 반복될 것인데, 그것은 밭일 자체가 반복적이기 때문입니다.

---

* 파가니니(Nicolo Paganini, 1782~1840) : 이탈리아 바이올리니스트 겸 작곡가. 현란한 테크닉을 구사한 연주자로 유명하다.

콩밭을 가꾸는 사람은 아주 조금 자란 잡초까지 가차없이 뒤엎으면서 괭이로 불공평한 차별대우를 행사합니다. 어떤 종류는 보이는 대로 모두 다 솎아버리고 또 어떤 것은 세심히 보살펴줍니다. 약쑥, 돼지풀, 괭이밥 그리고 개밀 같은 풀은 당장 잘라버리고 뿌리째 뽑아 햇볕에 드러나게 합니다. 가녀린 수염뿌리일지라도 그늘에 있도록 놓아두지 않습니다. 그렇게 하지 않으면 단 이틀만에 다시 부추처럼 파릇파릇하게 새싹을 피울 것입니다.

그것은 지루한 전쟁이었습니다. 두루미와의 전쟁이 아니라 잡초와의 전쟁이었습니다. 잡초는 햇볕과 비와 이슬을 자기편으로 둔 트로이 사람들이었습니다. 콩들은 매일같이 괭이로 무장한 내가 자신들을 구해주러 와서 적들을 솎아내어 참호를 잡초 시체로 메우는 것을 보았을 것입니다. 주위의 전우들보다 1피트는 더 튀어나온 채 술이 달린 투구를 자랑스레 흔들던 수많은 헥토르들이 내 무기 앞에 쓰러져 먼지 구덩이에 뒹굴었습니다.

콩밭엔 거름도 주지 않았고, 김매기를 한꺼번에 해준 적도 없었지만 내가 할 수 있는 한 아주 정성껏 돌보아주었기 때문에 마침내 좋은 결실을 얻을 수 있었습니다.

이블린*은 '그 어떤 퇴비나 거름도 줄곧 삽으로 땅을 파고 또 일구어서 흙을 뒤집어놓는 것과는 비교할 수도 없다는 것이 진실이다'라고 합니다. 더 나아가 그는 다른 책에서 이렇게 말했습니다.

'땅의 경우, 특히 신선한 상태에 있을 때에는 일정한 자력을 지니게 되어 염분과 힘 혹은 그것을 어떻게 부르든 간에 효율적인 요소를 흡수한다. 그러한 것들이 땅에 생명력을 제공하는 것이다. 우리들이 줄곧 흙을 일구고 파헤치는 노동을 하는 이유가 그것이다. 인분 비료를 비롯한 여러 너저분한 퇴비를 쓰는 것은 이 개량법에 대한 차선책에 불과하다.'

게다가 '노쇠하고 지쳐 안식을 즐기고 있는 땅'이었던 나의 콩밭은 케넬름 딕비 경**이 생각했던 것처럼 공기로부터 '생기 넘치는 영혼'을 흡수했던 것일 수도 있습니다. 그래서인지 나는 그 땅에서 12부셸이나 되는 콩을 수확할 수 있었습니다.

---

* 이블린(John Evely, 1620~1706) : 영국의 작가. 저서로 《테라 : 대지에 대한 철학적 강의》가 있다.
** 케넬름 딕비 경(Sir kenelm Digby, 1603~1665) : 영국의 철학자이면서 외교관, 과학자였다. 식물 재배에 산소의 중요성을 최초로 강조했다.

나는 또한 여러 가지 다양한 경험을 얻었습니다. 그래서 나는 혼잣말로 이렇게 중얼거렸습니다.

"내년 여름에는 콩과 옥수수만 열심히 심을 것이 아니라 씨앗만 있다면 성실, 진리, 소박, 믿음, 순수와 같은 것들을 심어서 보다 적은 노력과 거름을 주어도 땅에서 자라나 양식이 될 것인지를 한번 지켜보도록 하자. 분명 이 땅은 그러한 씨앗들을 키우지 못할 만큼 메말라 있는 것은 아닐 테니……."

: 진실과 정의에 씨앗도 중요합니다

사람들은 왜 밭에 뿌릴 씨앗에는 관심을 쏟으면서 새로운 세대가 될 사람들에 대해서는 무관심한 것일까요? 만약 누군가를 만났을 때 앞서 말한 여러 가지 미덕들이 그 사람 안에 뿌리를 내리고 자라고 있음을 보게 된다면 그로부터 크나큰 만족을 얻게 되고 또 기쁨을 얻을 수 있지 않을까요? 모두들 그러한 미덕들을 다른 어떤 생산물보다 더 큰 자랑으로 여기지만 그러한 미덕들은 대개 바람에 날리는 씨앗처럼 공중을 떠돌고 있을 뿐입니다.

예를 들어 길을 걷다가, 비록 양도 아주 적고 또 새로운 변종이라 할지라도 '진실'이나 '정의' 같은 섬세하고 미묘한 미덕과 마주쳤다고 상상해봅시다. 그런 경우에 해외에 상주해 있는 대사들이라면 그 미덕의 씨앗들을 본국으로 보내라고 지시를 해야 하며, 의회는 그 씨앗들이 전국에 고루고루 배포될 수 있도록 도와야 할 것입니다.

격식에 매달려서는 안 됩니다. 가치와 호감이라는 진정한 고갱이만 있다면 우리들의 비열함으로 인해 서로를 속이고 모욕주며 쫓아내려 해서는 안 되는 것입니다.

빵만으로는 언제나 배부르게 살 수 없습니다. 하지만 인간이나 자연 속에서 관용을 깨닫게 되고 그리하여 순수하고 영웅적인 기쁨을 함께 나누는 것은 반드시 우리들에게 이로움을 줍니다. 우리들이 겪는 괴로움의 원인을 모를 때, 뻣뻣하게 굳어버린 우리들의 관절을 풀어주고 유연함과 탄력을 지니게 합니다.

8

멀지만
가까운 이웃 마을

매일 혹은 하루 걸러 나는 세상에 떠도는 이야기를 듣기 위해 마을로 천천히 걸음을 옮겨봅니다. 그곳에는 소소한 소문들이 입에서 입으로 또 이 신문에서 저 신문으로 끊이지 않고 돌고 돕니다. 그 이야기들은 많은 양을 취하지만 않는다면 파르르거리는 잎사귀나 개구리 울음소리만큼이나 상쾌하기까지 합니다.

매일 혹은 하루 걸러 나는 세상에 떠도는 이야기를 듣기 위해 마을로 천천히 걸음을 옮겨봅니다. 그곳에는 소소한 소문들이 입에서 입으로 또 이 신문에서 저 신문으로 끊이지 않고 돌고 돕니다. 그 이야기들은 많은 양을 취하지만 않는다면 파르르 거리는 잎사귀나 개구리 울음소리만큼이나 상쾌하기까지 합니다. 새와 다람쥐들을 보려고 숲을 걸었으며, 사람들과 어린애들을 보려고 마을에 갔습니다. 마을에서는 소나무 사이로 불어대는 바람 소리 대신 마차가 덜컹거리며 지나가는 소리가 들렸습니다.

마을은 나에게 커다란 뉴스룸처럼 보였습니다. 예전에 독자들에게 자양분이 되는 뉴스를 공급하며 스테이트 가에 세워져 있던 레딩 사처럼 마을 한쪽에서는 호두, 건포도, 소금, 밀가루와 같은 여러 가지 영양가 있는 식품들을 팔았습니다. 일부 마을 사람들은 앞서 이야기한 상품, 즉 뉴스에 대한 왕성한 식욕과 또 그만큼의 튼튼한 소화기관을 가지고 있어서 꼼짝도 하지 않고 큰길가에 앉아 지중해의 계절풍처럼 뉴스의 바람이 속삭이며 지나가는 소리를 듣고 있었습니다.

나는 어떤 집이건 불쑥 방문해 환대를 받으며 뉴스의 알맹이들이나 가장 최종적으로 걸러진 뉴스 침전물들, 전쟁과 평화에 대한 전망, 그리고 이 세상이 앞으로 계속 잘 굴러갈 것인지 등에 대해 들은 다음 뒷길로 빠져나와 다시 숲으로 달아나곤 했습니다.

늦게까지 마을에 있다가 밤 속으로 길을 나설 때는, 특히 칠흑처럼 캄캄하고 폭풍우가 몰아칠 때 마을의 환한 휴게실이나 강연장을 뒤로하고 호밀이나 옥수수 한 자루를 어깨에 둘러메고 숲 속에 있는 나의 아늑한 항구를 향해 항해를 나서면 기분이 그렇게 상쾌할 수가 없었습니다. 그럴 때면 키 앞에 나의 육신만을 남겨놓은 채, 혹은 너무 뻔한 항로일 때는 아예 키까지 고정해 놓은 채 사념이라는 즐거운 승무원들과 함께 갑판 아래로 들어가는 것입니다. 그렇게 '항해하는 동안' 나는 선실 불가에 앉아 수많은 즐거운 생각에 잠기는 것입니다.

: 길을 잃는 것보다 자신을 잃는 것을 두려워해 야 합니다

어떤 경우이든 숲 속에서 길을 잃는 것은 놀랍고도 기억에 남을 만큼 소중한 경험이기도 합니다. 한낮이라도 눈보라가 몰아치기라도 하면 잘 아는 길을 가던 중이라도 어떤 길을 따라가야 마을에 도착할 것인지를 전혀 알 수 없을 때가 있습니다.

천 번씩이나 다녀보아서 잘 알고 있는 길이라 해도 마치 시베리아의 어떤 길을 걷고 있는 것처럼 그 길의 특징을 알아볼 수 없으며 낯설기만 할 것입니다. 그리고 밤이 되면 그 당혹스러움은 더욱 더 깊어집니다.

완벽하게 길을 잃거나 몸을 한 바퀴 돌리게 되는 것만으로도 (사람은 눈을 감은 채 한 바퀴 도는 것만으로 길을 잃게 되므로) 사람들은 자연의 광활함과 생소함을 느끼게 됩니다. 잠이나 몽상에서 깨어나게 될 때마다 사람들은 나침반의 방향침을 다시한번 확인해보아야 할 것입니다.

길을 잃기 전에, 다시 말해 이 세상을 잃어버리기 전에 우리들은 우리 자신을 찾아보아야만 하며 또한 우리가 어디에 있는지, 그리고 우리들이 관계 맺고 있는 것들의 무한함을 알고 있어야 합니다.

: 소유하지 않으면 잃지도 않습니다

첫번째 여름이 거의 끝나가는 어느 날 오후, 구두수선점에 맡긴 구두를 찾으러 마을에 갔습니다. 그리고 그곳에서 붙잡혀 감옥에 갇혔습니다. 그것은 내가 언젠가 언급했던* 것처럼, 상원의사당 앞에서 남녀노소할 것 없이 사람들을 가축처럼 사고파는 국가의 권위를 인정하지 않았고, 그러한 국가에 세금도 내지 않았기 때문입니다. 내가 숲으로 들어간 것은 정치적인 이유가 아닌 다른 이유에서였습니다. 그런데 그들은 사람들이 가는 곳이면 어디든 쫓아와 그들의 더러운 제도를 들이대며 나를 거칠게 다루었습니다. 그리고 할 수만 있다면 그들의 가증스러운 조직에 강제로라도 속하게 하려고 했습니다. 물론 나는

---

* 소로의 저서 《시민 불복종》에서 한 말을 가리킨다.

효과가 있든 없든, 무력으로 저항을 할 수도 있었고, 사회에 난폭하게 대항할 수도 있었습니다. 그러나 나는 사회가 나를 거칠게 대하도록 내버려 두었습니다. 왜냐하면 절망적인 것은 내가 아니라 그쪽이기 때문입니다.

나는 국가를 대리하는 사람들 외의 사람들로부터 간섭을 받아본 적이 없습니다. 내 집에는 원고를 보관해둔 책상 외에는 자물쇠나 빗장 같은 것이 없으며 현관문의 걸쇠도 없고 창문 위에 못도 하나 박아놓지 않았습니다. 밤이든 낮이든 문을 잠그지 않았습니다. 한동안 집을 비울 때는 물론, 심지어는 메인 주의 산속에서 2주일을 보냈던 그 다음 해 가을에도 그랬습니다. 그렇지만 내 집은 한 무리의 병사들이 둘러싸고 지키고 있는 것보다 더 안전했습니다.

지친 방랑자들은 내 집 벽난로 앞에 앉아 쉬며 몸을 녹일 수도 있었을 것이며 문학 취향을 지닌 사람이라면 탁자 위에 놓여 있는 책들을 뒤적이며 즐길 수도 있었을 것입니다. 호기심 많은 사람이라면 어떤 음식을 남겨 놓았으며 또 저녁에는 무엇을 먹으려 했는지를 살펴보았을 것입니다.

나는 모든 사람들이 그 당시 내가 살았던 것처럼 소박하게
살게 된다면 절도나 강도 같은 것은 모르고 지낼 것이라 확신
합니다.

　　절도나 강도와 같은 일은 넘칠 만큼의 재물을 소유하고 있는
사람들과 최소한의 필요한 만큼도 소유하지 못하고 있는 사람들
이 함께 사는 사회에서만 일어나는 일입니다.

9

하늘을 담고 있는
월든 호수

맑은 날씨에 물결이 일렁일 때는 태양빛을 곧바로 반사하기 때문인지 아니면 수면에 빛이 조금 더 섞여들기 때문인지 약간 거리를 두고 보면 월든 호수는 하늘보다 더 짙은 푸른색으로 보입니다.

그럴 때 물 위에 비친 그림자를 나누어서 바라보면 빛에 따라 색이 변하는 비단이나 칼날에서 볼 수 있는 비할 데 없이 맑은 청색을 볼 수 있습니다.

가끔 사람들과 만나고 잡담을 나누는 것에 싫증이 느껴지고 마을 친구들도 지루해질 때면 살고 있던 곳에서 벗어나 서쪽의 '새로운 숲과 새로운 풀밭'을 찾아 조금 더 멀리 발걸음을 옮기곤 했습니다.

　해가 질 무렵이면 페어 헤이븐 언덕에서 허클베리나 월귤 열매로 저녁식사를 하고서 며칠 동안 먹을 수 있을 만큼의 열매를 따 오기도 했습니다.

　때때로 밭일을 마치고 난 후, 아침부터 호숫가에서 낚시를 하고 있는 성미 급한 친구를 찾아가곤 했습니다. 그 친구는 물 위에 떠 있는 오리나 나뭇잎처럼 아무 말 없이 꼼짝도 하지 않고 앉아 있었습니다. 내가 그곳에 도착할 무렵이면 그는 이런저런 철학적 화두를 풀고선 마침내 고대의 수도승처럼 되어 있었습니다.

평상시에 이야기할 상대가 없을 때면 노를 들어 뱃전을 두들겨 메아리를 일으키곤 했습니다. 메아리는 둘러싸고 있는 숲을 채우고는 조금씩 퍼져 나가 마치 동물원의 조련사가 동물들을 일깨우듯 숲을 뒤흔들어 마침내는 숲이 우거진 골짜기와 산등성이에서 으르렁대는 소리가 되어 돌아오곤 했습니다.

: 호수는 아름답고 풍부한 표정을 갖고 있습니다

월든의 경관은 매우 아름답지만 웅장하지는 않습니다. 오히려 수수해서 오랫동안 자주 와보았던 사람이거나 호숫가에 살고 있는 사람이 아니라면 관심을 끌 만한 것도 없습니다. 하지만 호수가 너무나 깊고 맑아서 자세히 묘사할 만한 가치가 있습니다. 길이는 반 마일쯤 되고 둘레는 1.75마일에 이르며 61.5에이커쯤 되는 넓이를 가진 깨끗하고 깊은 초록빛의 우물입니다.

그리고 소나무와 떡갈나무 숲의 정중앙에 자리 잡은, 영원한 샘물이라 할 이 호수에는 구름과 물의 증발 이외에는 눈에 띄는 특별한 유입구나 유출구가 없습니다. 호수를 둘러싸고 있는 언덕들은 물가에서 곧장 40~80피트 높이로 가파르게 치솟아 오르

116

지만 동남쪽과 동쪽에 위치한 언덕들은 1/4마일과 1/3마일 정도 떨어진 곳에서 100피트와 150피트의 높이로 자리 잡고 있습니다. 호수 주변은 삼림만이 빽빽이 들어차 있습니다.

맑은 날씨에 물결이 일렁일 때는 태양빛을 곧바로 반사하기 때문인지 아니면 수면에 빛이 조금 더 섞여들기 때문인지 약간 거리를 두고 보면 월든 호수는 하늘보다 더 짙은 푸른색으로 보입니다.

그럴 때 물 위에 비친 그림자를 나누어서 바라보면 빛에 따라 색이 변하는 비단이나 칼날에서 볼 수 있는 비할 데 없이 맑은 청색을 볼 수 있습니다.

이 지역에는 서쪽으로 약 2마일 반을 가면, 나인 에이커 코너 마을에 화이트라는 호수가 하나 더 있습니다. 이곳을 중심으로 12마일 이내에 있는 호수들은 대부분 다 알고 있지만 이 두 호수만큼 맑고 샘물 같은 특징을 지닌 곳은 보지 못했습니다.

이 호수에서 물을 마시고 감탄하고 또 그 깊이를 재보기도 했을 여러 종족들은 사라져갔지만 호수는 여전히 푸르르고 맑기만 합니다.

월든 호수의 수위는 지난 2년 동안 꾸준히 높아져 왔으며 지금, 1852년의 여름에는 내가 호숫가에 살던 그때보다 정확히 5피트가 높아져 있습니다. 그러니까 30년 전의 수위가 되어 또다시 풀밭에서 낚시를 할 수 있게 된 것입니다.

겉으로 보기엔 호수의 수위 변동폭은 6~7피트 정도입니다. 주변을 둘러싸고 있는 산등성이에서 흘러드는 수량이 그다지 많지 않은 것으로 보아 수량이 늘어나는 현상은 수면 아래의 물을 내뿜는 곳에 영향을 끼치는 원인들 때문일 것입니다.

월든 호수의 수위가 오랜 간격을 두고 오르내리는 것은 적어도 다음과 같은 효과가 있습니다. 최고로 높아진 수위가 1년 혹은 그 이상의 기간 동안 지속될 경우 호수 주변의 산책은 어렵게 되지만 지난번의 최고 수위 이후에 호숫가에 자라나게 된 리기다소나무, 자작나무, 오리나무, 사시나무 등을 죽게 만드는 것입니다. 그리하여 물이 다시 빠지게 되면 호수 주변이 깨끗해지는 것입니다.

매일매일 수위가 변화하는 다른 호수나 강들과는 달리 월든 호수 주변은 수위가 가장 낮을 때 제일 깨끗한 모습을 드러냅니다.

봄과 가을에는 오리와 기러기들이 호수를 찾아옵니다. 여름이 되면 흰가슴제비들은 수면을 스치듯 날아다니고 도요새들은 돌이 많은 호숫가를 기우뚱거리며 걸어다닙니다. 가끔 물 위로 뻗어나온 백송나무 가지 위에 앉아 있던 물수리가 나 때문에 깜짝 놀라기도 합니다.

하지만 페어 헤이븐과는 달리 이 월든 호수에 갈매기가 나타나는 경우는 없었습니다. 기껏해야 아비새 하나 정도만이 해마다 찾아올 뿐입니다. 이런 것들이 지금 월든 호수를 들락거리는 동물들입니다.

호수는 가장 아름다우며 풍부한 표정을 지니고 있습니다. 호수는 대지의 눈망울입니다. 사람들은 그것을 들여다보며 자기 자신이 지니고 있는 본성의 깊이를 가늠해봅니다. 호숫가를 두르고 있는 나무들은 가녀린 속눈썹이며, 나무가 울창한 주변의 언덕과 절벽들은 짙은 눈썹이라 할 수 있을 것입니다.

: 자연이 곧 천국입니다

따사로운 햇살을 마음껏 누릴 수 있는 맑게 개인 어느 가을날, 높은 언덕 위에 있는 어느 그루터기에 앉아 물 위로 끊임없이 나타나는 동그란 파문을 관찰하고 있노라면 마음이 차분해집니다. 동그란 모양의 그 물살이 없다면 물 위에 비친 하늘과 나무들의 그림자로 인해 수면이 있는지조차 알 수 없을 것입니다.

이 넓디넓은 수면에는 아무런 동요가 일어나지 않습니다. 어떤 동요가 일어난다 해도 단숨에 잠잠해지며 가라앉게 됩니다. 마치 항아리에 부을 때 출렁거리던 물이 항아리의 가장자리에 닿고 나면 다시 잔잔해지는 것과 같습니다.

9월이나 10월의 어느 날이 되면 월든 호수는 숲을 비추는 완벽한 거울이 됩니다. 그 거울의 가장자리를 장식하고 있는 바위들은 희귀한 보석보다 더 소중하게 보입니다. 호수보다 더 멋지고 순수하며 장엄한 것은 이 지구상에는 없을 것입니다. 하늘을 담고 있는 호수에는 아무런 울타리도 필요치 않습니다.

지금보다 조금 더 젊었을 때, 여름날 오전에는 보트를 저어 호수 한가운데로 가서 그 자리에 누워 공상에 잠긴 채 솔솔 불어오는 바람에 보트를 맡기고서 몇 시간을 보내곤 했습니다. 배가 호숫가 모래턱에 닿게 되면 몽상에서 깨어나 나의 운명이 나를 어떤 물가로 밀어 보냈는지를 살펴보았습니다.

  그 무렵은 게으름이 가장 매력적이며 생산적인 일이었습니다. 하루의 가장 소중한 시간들을 그렇게 지내기 위해 아침나절에 수도 없이 몰래 빠져나가곤 했습니다.

  그 무렵의 나는 부유했기 때문입니다. 돈이 아닌 햇살 가득한 여름날의 시간들을 넉넉히 지니고 있었으며 그 시간들을 사치를 부리며 써버렸던 것입니다.

  나는 그 시간들을 공장이나 교실에서 쓰지 않았던 것에 대해 전혀 후회하지 않습니다.

  자연을 놓아두고 천국을 논하는 것은 지구를 모독하는 짓입니다.

10
베이커 농장

사람들은 보다 더 먼 곳에서 집으로 돌아와야만 합니다. 좀 더 먼 곳에서 모험과 곤경을 겪으며 매일매일 새로운 발견을 통해 새로운 경험과 성품을 품에 안고 집으로 돌아와야만 합니다.

가끔은 모든 돛을 다 올리고 있는 바다의 함대처럼 가지를 흔들며 햇살을 흩뿌리고 있는 자그마한 소나무 숲을 거닐곤 했습니다. 사원처럼 보이기도 하는 그 소나무 숲은, 너무나도 푸근하고 푸르른 그늘을 드리우고 있어 드루이드교*의 사제들도 자신들의 떡갈나무 숲을 떠나 이 소나무 숲에서 예배를 드리고 싶어 했을 것입니다.

언젠가 우연히 무지개의 한쪽 끄트머리에 서 있었던 적이 있었습니다. 나지막하게 공간을 채우고 있던 무지개는 주변의 풀과 나뭇잎들을 물들이고 있어 마치 알록달록한 보석을 통해 세상을 바라보는 것처럼 황홀했습니다.

그것은 무지갯빛으로 만들어진 호수였으며, 나는 아주 잠시 동안이었지만 그 호수 속의 돌고래가 되어 머물렀습니다. 만약

* 드루이드교 : 떡갈나무 숲에서 종교의식을 올렸던 고대 켈트인들의 종교.

그 상태가 조금 더 오래 지속되었더라면 내가 하고자 하던 일과
나의 삶은 완전히 다른 모습을 지니게 되었을 것입니다.

: 놀이로써 삶을 유지하십시오

어느날 오후에 나는 채소로만 이루어진 빈약한 나의 식단을
보충하기 위해 숲을 가로질러 페어 헤이븐으로 낚시를 떠났습니
다. 그곳으로 가기 위해서는 베이커 농장에 딸린 플레전트 들판
을 지나야 합니다. 은둔의 땅인 그곳에 대해 어느 시인이 남긴
시는 이렇게 시작합니다.

너의 진입로는 흐뭇한 들판,
이끼 낀 과일나무들이
힘차게 흐르는 개울물을 위해 자리를 내어주고
미끄러지듯 움직이는 사향뒤쥐와
이리저리 민첩하게 헤엄치는 송어들이 개울을 차지했네.*

* 채닝(William Ellery Channing, 1818~1901)의 시 〈베이커 농장 Baker Farm〉 인용.

126

월든으로 가기 전에 이 베이커 농장에서 살려고 했던 적이 있었습니다. 그곳에서 사과를 슬쩍 훔치기도 했고 개울을 건너뛰며 사향뒤쥐와 송어들을 놀라게 만들기도 했습니다.

그날 오후는 비록 출발할 때 이미 하루의 반을 보낸 후였지만 우리들의 삶이 본래 그렇듯이 그 어떤 날보다도 더 많은 사건들이 일어날 것 같은, 한없이 길게만 느껴지던 오후였습니다.

젊을 때 그대를 창조한 조물주를 기억하십시오.** 새벽이 오기 전에 근심을 털고 일어나 모험의 길을 떠나십시오. 정오 무렵이면 어느 호숫가에 머물고 밤이 되면 또 다른 모든 곳을 집으로 삼아 쉬십시오. 지금 당신이 머물고 있는 곳보다 더 넓은 대지는 없으며 지금 이곳에서 즐기고 있는 놀이보다 더 가치 있는 놀이는 없습니다.

결코 비쩍 마른 건초가 되지는 않을 이곳의 골풀이나 고사리처럼 타고난 본성에 따라 있는 그대로의 모습으로 성장하십시오. 천둥은 울리도록 놓아두십시오. 그것이 농부들의 수확을 망

** 구약성서, 전도서 12:1 : 젊을 때 그대를 창조한 조물주를 기억하라. 고생스러운 날들이 오고, 사는 것이 즐겁지 않다고 할 때가 되기 전에.

치게 하더라도 아무런 상관없습니다. 그것은 당신에게 부여된 임무가 아닙니다. 사람들이 수레와 헛간으로 몸을 피할 때 당신은 오히려 구름 밑에 자리를 잡도록 하십시오.

어떤 거래를 통해 삶을 이끌지 말고 놀이로써 삶을 유지하십시오. 대지를 즐기되 소유하려 하지 마십시오. 모험심과 신념이 없기 때문에 사람들은 현재 자신들의 위치에 얽매여 마치 노예처럼 자신의 인생을 사고 팔며 소비하고 있는 것입니다.

밤이 되면 사람들은 집 안의 소리가 들릴 만큼 가까운 곳에 있는 밭이나 거리에서 몸에 배인 습관처럼 집으로 돌아옵니다. 자신이 내뿜었던 공기를 다시 들이마셔야 하는 그들의 인생은 수척해져만 갑니다. 아침과 저녁때면 그들의 그림자는 내딛는 발걸음보다 더 멀리 드리워집니다.

사람들은 보다 더 먼 곳에서 집으로 돌아와야만 합니다. 좀 더 먼 곳에서 모험과 곤경을 겪으며 매일매일 새로운 발견을 통해 새로운 경험과 성품을 품에 안고 집으로 돌아와야만 합니다.

11

보다 높은 법칙들

가장 커다란 이익과 가치는 늘 제대로 평가를 받지 못합니다. 우리들은 그러한 것들이 존재하는지에 대해 너무나도 쉽게 의심을 합니다. 그리고는 잊고 맙니다. 사실 그러한 것들이 가장 뚜렷한 실체입니다. 가장 경이로우면서 가장 실체에 가까운 사실들은 사람과 사람 사이에 제대로 전달되지 않는 것 같습니다. 하루하루의 생활을 통해 거두어들이는 진정한 수확은 마치 아침이나 저녁의 빛깔처럼 만질 수도 없고 표현할 수도 없습니다. 그것은 내 손아귀에 붙들린 조그마한 별이며 내가 꽉 움켜쥔 무지개의 일부분인 것입니다.

그 당시에도 그랬지만 지금도 나는 여전히 나 자신 속에서 보다 높은 것을 향하고 있는 본능, 즉 대부분의 사람들이 그렇듯이 정신적인 삶을 추구하려는 본능과 원시적이며 야만적인 삶을 추구하려는 또 하나의 본능을 발견합니다. 그리고 나는 이 두 가지 본능을 동등하게 존중합니다.

내가 아주 어렸을 때부터 자연과 친밀하게 지냈던 것은 낚시와 사냥 덕택이었던 것 같습니다. 낚시와 사냥을 통해 자연의 풍광을 접하게 되었으며 또 그 안에 머물 수 있었습니다. 그렇지 않았다면 그만한 나이에 자연과 친해질 기회가 없었을 것입니다.

호숫가에서 생활할 때, 식단에 변화를 주기 위해 물고기가 있었으면 좋겠다고 생각했습니다. 실제로 나는 인류 최초의 어부들이 느꼈던 것과 똑같은 필요 때문에 물고기를 낚았던 것입니다. 인도적인 이유를 내세워 내 자신이 낚시에 대한 반대론을 제기하게 된다면 그것은 인위적인 반대이며, 감성보다는 이성에 의한 의견일 것입니다. 지금 내가 낚시에 대해서만 이야기하고 있는 이유는 단지 새 사냥에 대해서는 오래 전부터 다르게 생각해왔으며 숲 속으로 들어가기 전에 엽총을 팔아버렸기 때문입니다.

내가 다른 사람들보다 덜 자비롭기 때문이 아니라 낚시에 대해서는 별다른 감정을 느끼지 못했기 때문입니다. 물고기나 벌레들에 대해서는 가엾다는 생각을 하지 않았는데, 그것은 몸에 익어버린 습관이기 때문에 그런 것입니다.

새 사냥을 위해 지난 몇 년 동안 엽총을 메고 다녔던 것을 변명하자면, 내가 조류학을 공부하는 중이었다는 것 그리고 처음 보게 되거나 희귀한 새 외에는 잡지 않는다는 것입니다. 하지만 이제는 조류에 대한 연구에 있어 사냥보다 더 나은 방법이 있다는 사실을 인정해야만 할 것 같습니다. 그 방법에서는 포획보다는 새들의 습성에 대해 보다 더 면밀한 관찰을 요구하고 있는데 그렇다면 기꺼이 엽총을 포기해도 될 것 같습니다.

하지만 사냥에 대한 인도적인 반대에도 불구하고 사냥을 대신

할 만한 훌륭한 운동이 있는지에 대해서는 의구심을 품고 있습니다.

젊은이들이 숲을 알게 되거나 그 자신의 가장 본질적인 면모를 알게 되는 가장 흔한 경로는 다음과 같습니다. 처음에는 사냥꾼이거나 낚시꾼으로서 숲을 찾아가지만 마침내 자신의 내면에 있는 보다 훌륭한 인생의 씨앗을 발견하게 되면, 시인이나 자연주의자로서의 적합한 목표를 가려내게 되어 총과 낚싯대를 버리게 되는 것입니다.

: 상상력을 위해 육식을 피해야 합니다

육식을 거부하게 되었던 것은 경험의 결과라기보다 일종의 본능이었습니다. 검소한 생활과 소박한 식사는 여러 가지 면에서 아름답다고 생각했으며 완벽하지는 않았지만 나의 상상력을 만족시킬 수 있을 만큼의 노력은 충분히 했습니다. 보다 높은 정신적 능력과 시적 능력을 최상의 상태로 유지하려는 사람이라면 육식을 피하고 어떤 음식이든 과식을 하지 않으려 할 것입니다.

나비의 양 날개 아래쪽 배 부분에는 여전히 유충이었던 때의 특징이 남아 있습니다. 이 맛있는 배 부위로 인해 나비는 잡아먹힐 운명을 자초하는 것입니다.

엄청난 양의 음식을 먹어대는 사람들은 유충 상태에 있다 할 수 있습니다. 모든 국민들이 유충 상태에 머물고 있는, 꿈과 상상력이 결여된 국가들이 있는데 그 국민들의 부풀어 오른 배를 보면 그러한 것을 알아차릴 수 있습니다.

상상력을 거스르지 않을 만큼 소박하고 깨끗한 음식을 마련한다는 것은 쉬운 일이 아닙니다. 하지만 육신에 먹을 것을 공급할 때, 마찬가지로 상상력에도 먹을 것을 공급해주어야 한다고 생각합니다. 육신과 상상력은 식탁에 함께 앉아 있어야 합니다. 그렇게 하는 것이 가능할 수도 있습니다.

과일을 적당하게 먹는다면 식욕에 대해 부끄러움을 느낄 필요도 없을 것이며 우리들이 추구하는 가치 있는 과업도 방해받는 일이 없을 것입니다. 그러나 음식에 너무 많은 조미료를 넣게 되면 그것은 바로 독이 될 것입니다. 온갖 요리법을 동원한 음식을 먹으며 사는 것은 그다지 바람직한 일이 아닙니다.

상상력이 살코기나 지방질과 왜 조화를 이루지 못하는지 이유를 묻는 것은 쓸모없는 일입니다. 나는 그 두 가지 요소가 조화를 이루지 못한다는 것을 알고 있을 뿐입니다. 인간이 육식 동물이라는 사실 자체가 불명예스러운 일이 아닐까요?

사실 인간은 다른 동물들을 잡아먹을 능력도 있고 또 그렇게 살아가고 있습니다. 하지만 그것은 매우 불행한 일입니다. 덫을 놓아 토끼를 잡거나 양을 도살해본 사람이라면 그 이유를 잘 알고 있을 것입니다.

인간에게 보다 더 이롭고 위생적인 식사만을 할 수 있도록 가르침을 주는 사람이 있다면 그는 인류의 은인으로 대접받을 것입니다. 음식과 관련하여 나 자신이 어떤 실천을 하고 있는가 하는 문제와는 상관없이 인류는 서서히 진보해 나아가면서 육식을 하지 않게 될 운명을 지니고 있다는 것을 확신합니다. 그것은 야만적인 부족들이 조금 더 문명화된 부족들과 어울리게 되면서부터 서로를 잡아먹는 습관을 버리게 되었던 것만큼 확실합니다.

: 음식이 아니라 식탐이 인간을 추하게 합니다

만약 여러분들이 낮과 밤을 기쁜 마음으로 맞이할 수 있게 된다면, 그리고 우리들의 인생이 꽃이나 허브처럼 향기를 내뿜게 된다면, 인생은 조금 더 유연해질 것이며, 조금 더 빛날 것이며, 조금 더 영원한 것이 될 것입니다. 그렇게 된다면 우리들의 인생은 성공을 이룬 것입니다. 우리들을 둘러싸고 있는 모든 자연이 우리를 축하해줄 것이며 우리들 스스로에게도 시시각각으로 축복할 이유를 갖게 되는 것입니다.

가장 커다란 이익과 가치는 늘 제대로 평가를 받지 못합니다. 우리들은 그러한 것들이 존재하는지에 대해 너무나도 쉽게 의심합니다. 그리고는 잊고 맙니다. 사실 그러한 것들이 가장 뚜렷한 실체입니다.

가장 경이로우면서 가장 실체에 가까운 사실들은 사람과 사람 사이에 제대로 전달되지 않는 것 같습니다. 하루하루의 생활을 통해 거두어들이는 진정한 수확은 마치 아침이나 저녁의 빛깔처럼 만질 수도 없고 표현할 수도 없습니다. 그것은 내 손아귀에 붙들린 조그마한 별이며 내가 꽉 움켜쥔 무지개의 일부분인 것입니다.

입으로 넣어지는 음식이 인간을 추하게 만드는 것이 아니라 음식을 먹을 때의 식탐이 그렇게 만드는 것입니다. 음식의 양이나 질이 인간을 추하게 만드는 것이 아니라 세속적인 맛에 대한 집착이 그렇게 만드는 것입니다. 또한 음식이 우리들의 동물적인 생명을 지탱해주거나 정신적인 삶을 고양시키는 양식이 되지 못하고 우리들을 붙들어매고 있는 벌레들의 양식이 될 때 문제가 되는 것입니다.

인간의 삶은 놀라울 만큼 도덕적입니다. 미덕과 악덕 사이에는 단 한순간의 휴전도 없는 싸움이 계속되고 있습니다. 절대 실패하지 않을 유일한 투자는 선행입니다.

생식 에너지는 나태해져 있을 때는 우리들을 방탕하고 불순하게 만들지만 절제를 지킬 때에는 기력을 주고 영감을 일으킵니다. 순결은 인간을 꽃으로 피어나게 합니다. 천재나 영웅적 행위 그리고 성스러움 같은 것들은 단지 그 꽃잎이 떨어진 후에 맺어지는 열매들에 불과합니다. 순결이라는 통로가 열릴 때 인간은 비로소 단숨에 신에게로 연결됩니다. 순결함은 인간에게 영감을 불러일으키지만 불순함은 인간들을 낙담하도록 만듭니다.

하루하루 자기 내면의 짐승이 조금씩 죽어가고 신성이 자리 잡고 있음을 확신하는 사람은 축복받은 사람입니다.

12
이웃의 동물들

어느 날인가는 장작더미라기보다는 정확히는 그루터기 더미를 쌓아놓은 곳으로 갔다가 커다란 개미 두 마리를 보게 되었습니다. 붉은개미 한 마리와 그보다 훨씬 덩치가 큰, 반 인치 정도나 되는 검은개미가 격렬하게 싸우고 있었습니다. 한번 엉겨 붙은 두 마리의 개미는 나무더미 위에서 끝임없이 힘겨루기를 하며 뒹굴어댔습니다. 시선을 돌려 살펴보았을 때 그 나무더미 전체가 개미 전사들로 뒤덮여 있는 것을 보고선 깜짝 놀랐습니다. 두 마리만의 결투가 아닌 하나의 전쟁, 즉 두 개미 부족 사이의 전쟁이었던 것입니다.

피비새 한 마리가 헛간 안에 집을 지었고 개똥지빠귀는 내 집의 외벽을 향해 자라고 있던 소나무에 보금자리를 만들었습니다. 6월에는 천성적으로 수줍은 들꿩 한 마리가 식솔들을 이끌고 뒤편의 숲에서 나오더니 창문 앞을 지나 집 앞으로 이동해 갔습니다. 마치 암탉처럼 꼬꼬거리며 새끼들을 부르는 모습이 영락없는 숲 속의 암탉처럼 보였습니다.

대부분의 다른 새들의 새끼와는 달리 새끼들꿩들은 털도 제법 나 있고 발육도 잘 되어 있어 병아리보다 훨씬 숙성해 보였습니다. 나는 새끼들꿩들의 어른스럽지만 천진난만한 맑은 눈동자를 잊을 수 없을 것만 같습니다. 그 눈동자에는 세상의 모든 지혜가 드러나 있는 것 같았습니다. 유아기의 순수함뿐만이 아니라 경험에 의해 정화된 지혜를 담고 있는 듯합니다. 그런 맑은 눈은 태어날 때 생겨난 것이 아니라 그 눈에 하늘이 담겨지던 그때 비로소 생겨난 것입니다. 숲에서 그보다 더 아름다운 보석을 만들어내지는 못합니다. 숲 속의 나그네들에게 그보다 더 맑은 샘물은 없을 것입니다.

　샘을 파서 맑고 깨끗한 물이 고여 있는 우물을 만들었습니다. 그곳에서는 물을 흐리게 만들지 않고도 물 한 통쯤은 떠낼 수 있었고, 호수 물의 수온이 가장 높은 한여름에는 거의 매일 그곳에서 물을 길어왔습니다.

　나와 마찬가지로 도요새 한 마리도 새끼들을 이끌고 그곳에 와서 진흙 속에서 벌레를 잡아먹곤 했습니다. 어미 도요새는 1피트 정도의 높이로 날아올라 강둑을 따라왔으며 새끼들은 그 아래를 떼 지어 종종걸음으로 따라오곤 했습니다. 그곳에 있는 나를 발견한 어미새는 새끼들을 떠나 내 주위를 빙빙 돌기 시작했습니다.

　그렇게 날다가 조금씩 가까이 다가와 4, 5피트 되는 곳까지 날아온 어미새는 마치 날개와 다리가 부러진 척하며 나의 주의를 끌려고 했습니다. 그렇게 하여 나를 새끼들로부터 떼어놓으려 하는 것입니다. 그러는 동안 새끼들은 이미 어미새가 지시한

대로 나직하게 삑삑거리는 울음소리를 내며 늪 쪽을 향해 일렬 종대로 도망을 치기 시작합니다.

: 숲 속의 거주자들

마음이 이끌리는 숲 속의 어느 한 곳에 자리를 잡고 앉아 조용히 있노라면 숲 속의 모든 거주자들이 차례차례로 자신들의 모습을 보여주곤 합니다.

그다지 평화롭지 못한 사건들과 마주치기도 하는데, 어느 날인가는 장작더미라기보다는 정확히는 그루터기 더미를 쌓아놓은 곳으로 갔다가 커다란 개미 두 마리를 보게 되었습니다. 붉은 개미 한 마리와 그보다 훨씬 덩치가 큰, 반 인치 정도나 되는 검은개미가 격렬하게 싸우고 있었습니다. 한번 엉겨 붙은 두 마리의 개미는 나무더미 위에서 끊임없이 힘겨루기를 하며 뒹굴어댔습니다. 시선을 돌려 살펴보았을 때 그 나무더미 전체가 개미 전사들로 뒤덮여 있는 것을 보고선 깜짝 놀랐습니다. 두 마리만의 결투가 아닌 하나의 전쟁, 즉 두 개미 부족 사이의 전쟁이었던 것입니다.

가을이 되면 아비*가 호수를 찾아와 언제나처럼 털갈이도 하며 물놀이를 즐겼습니다. 아비는 내가 잠자리에서 일어나기도 전에 그 열정적인 울음소리로 온 숲을 뒤흔들어놓곤 합니다. 아비가 이곳에 도착했다는 소식이 퍼지면 밀댐 마을의 사냥꾼들은 삼삼오오 짝을 지어 전용 사냥총과 원추형 탄환 망원경 등으로 무장하고 마차를 타거나 걸어와서 일제히 경계상태에 돌입합니다.

아비는 너무나도 교묘하게 움직였기 때문에 20~30미터 이내로는 접근도 할 수 없었습니다. 수면 위로 떠오를 때마다 아비는 머리를 이리저리 돌리며 침착하게 호수와 물가를 살펴보았습니다. 아비는 수면이 가장 널찍하면서도 보트와는 가장 거리가 먼 곳을 자신의 진로로 선택하고 있는 것이 분명했습니다.

* 아비 : 북미산 큰 새로 물고기를 잡아먹고 사람 웃음소리 같은 소리를 낸다.

아비는 물밑에서도 물 위에서나 마찬가지로 자신의 진로에 대해 확실히 알고 있음이 분명했으며 물밑에서는 오히려 더 빠르게 움직였습니다. 아비가 수면에 다가오며 일으키는 잔물결을 한두 번 본 적이 있었지만 머리만 내민 채 정탐을 하더니 이내 물속으로 사라져버리는 것이었습니다. 그래서 나는 아비가 다시 나타날 곳을 알아내려 애쓰는 것보다 오히려 노 젓기를 멈추고 기다리는 것이 낫겠다는 생각을 하게 되었습니다. 잔뜩 긴장한 채 수면을 바라보고 있다가 아비의 섬뜩한 울음소리를 등 뒤에서 듣게 되는 경우가 거듭거듭 계속되었기 때문입니다.

아비의 울음소리는 보통 악마가 내는 것 같은 소리로 들리지만 가끔은 여느 물새와 비슷한 소리를 내기도 합니다. 하지만 나를 멋들어지게 따돌리고서 멀리 떨어진 수면 위로 솟아오를 때는 섬뜩한 울음소리를 길게 뽑아내곤 했습니다. 그 소리는 새의 소리라기보다는 늑대의 울음소리와 흡사했습니다. 어떤 짐승이 땅바닥에 주둥이를 대고서 교활하게 울부짖는 소리 같았습니다.

숲 속 가득 울려퍼지는 아비의 울음소리는 아마 월든 호숫가에서 들었던 소리들 중에서 가장 괴이한 소리였던 것 같습니다.

나는 아비의 그 울음소리가 자기를 쫓고 있는 나의 노력을 비웃고 또한 자신의 교활한 재주에 만족해 하며 내는 소리라는 결론을 내렸습니다.

가을에는 물오리들이 영리하게 사냥꾼들을 멀리 따돌리고 호수 한가운데서 갈지자로 이리저리 방향을 바꾸어가며 노는 모습을 몇 시간이고 바라보았습니다. 루이지애나의 늪지대였더라면 물오리들은 눈속임을 위한 그런 잔꾀는 부릴 필요가 없었을 것입니다.

날아 올라야만 하는 경우가 생기면 호수 위로 원을 그리며 돌다가 마치 하늘에 박힌 검은 점처럼 다른 호수나 강을 쉽게 바라다볼 수 있는 아주 높은 위치로 치솟아 올라갔습니다. 물오리들이 이미 멀리 가버렸을 것이라 생각할 때쯤이면 물오리들은 1/4마일 가량의 높이에서 비스듬히 날아 내려와 멀찍이 떨어져 있는 호수의 빈 곳에 자리를 잡곤 했습니다.

물오리들에게 월든 호수의 한가운데에서 헤엄치는 것이 안전하다는 이유 외에 특별한 이유가 있는지에 대해서는 잘 모르겠습니다. 어쩌면 물오리들은 나와 똑같은 이유로 월든 호수를 사랑하고 있는 것인지도 모르겠습니다.

13
집안을 훈훈하게

저녁이 되어 불을 피우기 시작했을 때 굴뚝을 통해 연기가 유난히 잘 빠져나갔습니다. 집에 회벽칠을 하기 전이어서 판자 사이로 틈새가 수없이 나 있었기 때문입니다. 하지만 옹이가 잔뜩 박힌 투박한 갈색 판자들로 뒤덮힌 벽과 나무껍질이 그대로 드러난 서까래를 이고 있는 서늘하고 바람 잘 통하는 그 집에서 나는 한동안 즐거운 저녁 시간을 보낼 수 있었습니다. 회벽칠을 하고 난 후로 집 안이 훨씬 안락해졌음을 시인할 수밖에 없지만 집을 바라보는 즐거움을 전혀 느낄 수 없었습니다.

가을에 링컨 마을 근처의 끝없이 펼쳐진 밤나무 숲을 — 지금은 철로의 침목이 되어 깊은 잠에 빠져 있지만 — 이리저리 거니는 것은 무척이나 가슴 설레는 일이었습니다.

서리가 내릴 때까지 차분히 기다릴 수 없었던 나는 어깨에 자루 하나를 메고 밤송이를 벌릴 막대기를 손에 들고선 나뭇잎이 바스락거리는 소리와 붉은 다람쥐와 어치새들의 꾸지람을 들으며 돌아다녔습니다. 그건 가끔 그 녀석들이 먹다가 반쯤 남겨둔 밤송이를 훔쳤기 때문이었는데, 그놈들이 고른 밤송이 안에는 어김없이 싱싱한 밤톨이 들어있곤 했습니다.

어느 날 미끼로 쓸 지렁이를 잡기 위해 땅을 파다가 감자콩 넝쿨을 발견하게 되었습니다. 그것은 이곳 원주민의 감자로서 전설적인 열매인데 어렸을 때 캐어 먹어본 적이 있었음에도 진짜 먹어보았던 것인지를 스스로 의심할 정도로 까맣게 잊고 있었습니다.

전에도 쭈글쭈글한 벨벳 같은 빨간 꽃들이 다른 식물의 줄기에 기대어 있는 것을 자주 보았지만 그것이 감자콩이라는 건 모르고 있었던 것입니다. 사람들이 땅을 경작하는 바람에 감자콩은 멸종되어버렸던 것입니다.

10월이 되자 월동 장소로 삼으려 했는지, 말벌 떼가 내 오두막집으로 몰려왔습니다. 창 안쪽과 머리 위쪽 벽에 자리 잡은 말벌 떼는 집 안으로 들어오는 손님들을 방해하기도 했고, 아침마다 추위를 이기지 못하고 얼어버린 말벌 몇 마리를 문밖으로 쓸어내야 하기도 했지만 애써 쫓아내려고 하지는 않았습니다. 도리어 나의 오두막을 괜찮은 보금자리로 여기는 것 같아 기분이 좋았습니다.

비록 잠자리를 함께하기는 했지만 말벌들은 나를 전혀 괴롭히지 않았습니다. 말벌들은 서서히 사라졌는데 그들은 혹독한 겨울의 추위를 피해 내가 모르는 어떤 틈새를 찾아 들어간 것 같았습니다.

: 겨우살이 준비

벽난로가 집에서 제일 중요한 부분이라는 생각 때문에 가장 오랫동안 공을 들였습니다. 너무나도 꼼꼼히 작업을 했기 때문에 아침에 바닥부터 작업을 시작했지만 밤이 다 되어서도 불과 몇 인치밖에 쌓을 수가 없어 결국 베개로 사용할 정도의 높이밖에 되질 않았습니다.

벽난로 작업이 일정 정도 진전을 보여 네모 반듯하고 튼튼한 모양새를 갖추어가는 것을 지켜보며 무척 즐거웠습니다. 작업이 천천히 진행되더라도 그만큼 오래 견디어줄 것이라고 생각했기 때문입니다. 지면에 그 기초를 두고 집을 관통하여 하늘을 향하고 있는 굴뚝은 어느 정도는 독립적인 구조물입니다. 가끔 집은 타서 없어지더라도 굴뚝은 남아 있는 경우를 보면 굴뚝의 중요성과 독립성은 명백한 것이라 할 수 있습니다.

저녁이 되어 불을 피우기 시작했을 때 굴뚝을 통해 연기가 유난히 잘 빠져나갔습니다. 집에 회벽칠을 하기 전이어서 판자 사이로 틈새가 수없이 있었기 때문입니다. 하지만 옹이가 잔뜩 박힌 투박한 갈색 판자들로 뒤덮인 벽과 나무껍질이 그대로 드러난 서까래를 이고 있는 서늘하고 바람 잘 통하는 그 집에서 나는 한동안 즐거운 저녁 시간을 보낼 수 있었습니다.

회벽칠을 하고 난 후로 집 안이 훨씬 안락해졌음을 시인할 수밖에 없지만 집을 바라보는 즐거움을 전혀 느낄 수 없었습니다. 모름지기 사람이 사는 집이라면 높직한 천장이 있어 머리 위로 어둑신한 공간이 만들어지고, 저녁 불빛이 만들어낸 그림자가 그 서까래 부근에서 어른거려야 하는 것은 아닐까요? 그러한 모습들은 상상의 나래를 펼치는 데 있어, 벽화나 값비싼 가구들보다 더 좋은 소재들일 것입니다.

회벽칠 작업을 마무리하고 나자 마침내 본격적인 겨울이 시작되었습니다. 마치 회벽칠 작업이 끝나기를 기다리기라도 한 것처럼 바람은 윙윙거리며 집 주변을 휘몰아쳤습니다. 밤마다 기러기들이 어둠을 뚫고 요란스런 날갯짓과 울음소리를 내며 날아

들었습니다. 대지가 눈으로 뒤덮이고 난 후에도 기러기들은 월든 호수에 내려앉기도 하고 숲 위를 나지막이 날아 멕시코 방향에 있는 페어 헤이븐 호수로 다가갔습니다.

: 장작 더미의 높이에 비례하는 기쁨

마치 내 자신이 삼림관리인이기라도 한 것처럼 나는 야생동물과 삼림 보존에 사냥꾼이나 나무꾼들보다 더 많은 관심을 기울였습니다. 그리고 숲의 일부분이 불에 타버리기라도 하면 — 비록 내 실수로 불을 낸 적도 있었지만 — 아주 오랫동안 슬픔에 싸여 있었으며 그 숲의 주인보다 오히려 내가 더 안타까워했습니다. 물론 숲의 주인들이 나무들을 베어낼 때도 무척 안타까워했습니다. 고대 로마인들이 숲을 솎아내어 빛이 들게 하면서 신에게 바쳐진 것이라고 믿었던 성스러운 숲*에 대한 외경심을 나무를 베는 농부들이 아주 조금이라도 느껴주기를 바라고 있습니다. 로마인들은 그처럼 자신들의 행위가 신들에게 바치는 신성

* 카토(Marcus Porcius Cato : BC 95~46)의 《농업론 De agri cultura》에서 인용.

한 행위라는 믿음을 지니고 있었습니다.

  사람들이 땔감이나 공예 재료를 얻기 위해 숲에 드나든 지도 꽤 오랜 시간이 지났습니다. 뉴잉글랜드와 뉴네덜란드의 사람들, 파리 사람들이나 켈트족, 농부와 로빈 후드, 구디 블레이크와 해리 길* 등 거의 모든 나라의 왕족이나 농부 그리고 학자들과 야만인들 모두 한결같이 난방을 위해, 또는 음식을 만들기 위해 숲이 제공해주는 목재가 필요한 것입니다. 나 역시 나무 없이는 살아갈 수조차 없습니다.
  사람들은 자신의 장작 더미를 애정 어린 시선으로 바라봅니다. 나 역시 창문 앞에 장작 더미를 쌓아 두었는데 장작 더미가 높을수록 나무를 할 때의 즐거웠던 순간들이 더욱 쉽게 떠오르곤 했습니다.

* 구디 블레이크와 해리 길 : 워즈워스(William Wordsworth)의 〈Goody Blake and Harry Gill : A True Story〉 주인공 남녀. 장작 때문에 싸움을 한다. 너무나 가난한 여자 블레이크는 겨울에 집을 따뜻하게 하려고 부자인 길의 관목숲에서 나무를 훔친다.

평상시에는 눈이 내리기 전에 숲 속에서 가져와 헛간에 모아 두었던 마른 나뭇잎으로 불을 지폈습니다. 숲에서 야영을 할 때 나무꾼들은 가늘게 쪼갠 히코리 생나무를 불쏘시개로 사용합니다. 나 역시 히코리 생나무를 불쏘시개로 잠깐 써본 적이 있습니다. 지평선 저편에서 마을 사람들이 불을 지피기 시작하면 나 역시 굴뚝으로 길다란 연기를 내보내 월든 골짜기에 사는 다양한 야생 주민들에게 내가 깨어 있음을 알렸습니다.

: 생명을 연장하는 온기의 중요함

동물들은 그저 한적한 장소에 자신의 몸을 녹일 수 있는 잠자리를 만듭니다. 그러나 불을 발견한 인간은 넉넉한 공간에 공기를 가두어 놓고 체온을 이용하는 대신 그 공기를 데우고서 자신의 잠자리를 만듭니다. 인간은 그 공간 안에서 성가신 의복들을 입지 않고 돌아다닐 수도 있으며 한겨울에도 어느 정도는 여름처럼 지낼 수도 있습니다.

또한 창문을 이용하여 빛이 들어올 수 있도록 하고 램프를 이용하여 낮의 길이를 늘이기도 합니다. 그렇게 함으로써 인간은 본능을 한두 걸음쯤 뛰어넘어 예술을 위해 사용할 시간을 가질 수 있게 된 것입니다.

아주 오랫동안 무자비한 찬바람에 시달려 온몸에 감각을 느끼지 못할 정도의 상태가 되었다가도 내 집의 푸근한 공기 속으로 들어가면 이내 몸의 기능들을 되찾을 수 있었고 생명도 연장할 수 있었습니다. 하지만 제아무리 호사스러운 집에 살고 있다 하더라도 그다지 자랑할 일은 아니며, 인류가 결국 어떻게 멸망할 것인가에 대해 이런저런 생각을 굴리며 고민할 필요가 없을 것 같습니다. 북방에서 아주 조금만 더 혹독한 바람이 불어오기만 해도 인간의 목숨은 아주 쉽게 끊어져버릴 것이기 때문입니다.

사람들은 보통 '혹한의 금요일'이니 '엄청난 폭설'이니 하며 날짜를 따져보곤 하지만, 조금 더 추운 금요일이 오거나 조금 더 심각한 폭설이 내리기만 하면 지구상에 존재하는 인류는 멸종되고 말 것입니다.

14
원주민들,
그리고 겨울 친구들

지금은 땅에 움푹 패인 흔적들과 흙 속에 파묻힌 곡식창고의 돌무더기들만이 이곳이 그 사람들의 집터였다는 사실을 알려줄 뿐입니다. 이제 양지바른 풀밭이 되어버린 그곳에는 딸기와 나무딸기, 개암나무와 옻나무들이 자라고 있습니다. 굴뚝이 있던 모퉁이에는 리기다소나무나 옹이가 배긴 떡갈나무가 자라고 있으며 현관의 섬돌이 있었을 법한 곳에는 향기를 내뿜는 검정자작나무가 바람에 일렁거리고 있습니다. 한때 샘물이 솟아오르던 곳에서는 우물의 흔적이 보이기도 했지만 지금은 메마르고 물기 없는 잡초들만 자라고 있을 뿐입니다.

나는 몇 차례에 걸쳐 즐거운 눈보라를 겪었습니다. 문밖에서 눈보라가 거칠게 몰아치고 올빼미조차 울기를 멈추어버렸지만 나는 벽난로 가에 앉아 겨울밤을 즐겼습니다. 몇 주일 동안 산책 하면서 숲에서 마주친 사람이라곤 가끔 나무를 베어 썰매로 마을까지 실어 나르는 사람 말고는 전혀 없었습니다.

　사람이 그리워질 때면, 이 숲에서 살았던 옛사람들을 머릿속으로 그려보곤 했습니다. 내가 살고 있는 집 근처의 길에서 숲 속 거주자들의 웃고 떠드는 소리가 들려오고 경계를 이루고 있었던 숲 사이로 그들의 조그마한 화단과 집들이 드문드문 자리 잡고 있던 시절을 기억하고 있는 마을 사람들도 많이 있습니다. 당시에는 지금보다 훨씬 더 빽빽한 숲으로 둘러싸여 있었다고 합니다.

: 숲 속의 가난한 사람들

길 건너편 쪽, 내 콩밭의 동쪽에 콩코드 마을의 유지 던컨 잉그램 씨의 농노였던 카토 잉그램이라는 사람이 살고 있었습니다. 던컨 잉그램 씨는 그를 위해 집 한 채를 지어주고 월든 숲 속에서 살 수 있도록 해주었습니다. 우티카의 카토*가 아니라 콩코드의 카토인 그가 기니 출신의 흑인 노예였다고 말하는 사람들도 있습니다.

호두나무 숲 속에 있던 자그마한 그의 밭을 기억하고 있는 사람들도 있습니다. 그는 나중에 나이가 들면 요긴하게 쓰기 위해 호두나무를 그대로 두었었는데 그 호두나무 숲은 결국 좀 더 젊고 하얀 피부의 투기꾼이 차지해버렸습니다. 하지만 그 투기꾼도 역시 지금은 누구나처럼 협소한 집 한칸을 차지하고 있을 뿐입니다.

반쯤 무너져버린 카토의 지하 저장실은 아직도 그곳에 남아 있습니다. 하지만 무성한 소나무잎에 가려져 여행자들의 눈에는 보이지 않아서 그것이 있다는 사실을 아는 사람은 거의 없습니다. 지금은 부들부들한 옻나무로 가득 채워져 있고 미역취가 울

---

* 카토(Cato, BC 95~46) : 로마시대 감찰관 大카토의 증손자. 小카토라고 불리우며, 카이사르의 정적이었으나 북아프리카의 우티카에서 자살하여, 우티카의 카토라고도 부른다.

창하게 자라고 있습니다.

마을과 조금 더 가까운 곳인 내 콩밭 한쪽 구석에는 질파라는 흑인 여자의 작은 집이 있었습니다. 리넨을 짜서 마을 사람들에게 팔던 그녀는 우렁차고 아름다운 목소리를 지니고 있어 쩌렁쩌렁 울리는 노랫소리로 월든 숲을 울리곤 했습니다.

하지만 1812년의 전쟁 때 그녀가 집을 비운 사이에 가석방된 영국군 포로들이 집에 불을 질러 고양이와 개와 닭들이 한꺼번에 타 죽어버리고 말았습니다. 비참하다고 할 수 있을 정도로 그녀는 참 힘들게 살았습니다.

숲 속에 자주 드나들던 어떤 노인은 어느 날 정오 무렵에 그녀의 집앞을 지나치다가, 부글부글 끓고 있는 냄비를 바라보며 '순전히 뼈다귀뿐이로군. 온통 뼈다귀야'라고 중얼거리고 있는 그녀의 목소리를 들었다고 합니다.

지금은 그곳의 떡갈나무 숲 주변에 벽돌 조각 몇 개만이 남아 있습니다.

숲 속 가장 깊은 곳, 그리고 호수에 가장 가까운 길이 나 있는 곳에 와이맨이라는 옹기장이가 무단으로 살고 있었습니다. 그는 도자기 그릇들을 만들어 마을 사람들에게 팔았으며 후손들에게 자신의 일을 물려주었습니다. 그의 가족들은 재산도 넉넉하지 못했으며 땅주인의 묵인하에 그곳에 살고 있었습니다.

종종 세금을 징수하기 위해 찾아오던 세무관리는 아무런 소득도 없이 돌아가야 했습니다. 내가 우연히 읽게 된 세무보고서에는 세금 대신 가져갈 만한 것이 전혀 없었기 때문에 형식적으로 '딱지를 붙였다'는 내용이 있었습니다.

이 숲에 마지막으로 거주한 사람은 아일랜드 사람인 휴 코일이었습니다. 와이맨의 집을 차지하고 살았는데 사람들은 그를 코일 대령이라고 불렀습니다. 소문에 따르면 워털루 전투에 참전했던 사람이라고 합니다. 그가 아직도 살아 있다면 그가 싸웠던 여러 전투 이야기를 몇번이고 해달라고 해서 들었을 것입니다. 코일 대령이 이곳에서 생업으로 삼은 것은 도랑을 치는 일이었습니다. 나폴레옹은 세인트 헬레나로 유배를 가고 코일 대령은 월든 숲으로 유배 온 셈입니다.

그는 내가 월든에 들어온 지 얼마 안 되어 브리스터 언덕 기슭에서 죽었기 때문에 내 기억에는 이웃사람으로 남아 있지 않습니다. 나는 그의 이웃들조차 흉가라며 피하던 그 집이 헐리기 전에 한번 찾아가 본 적이 있습니다. 판자 침대 위에는 구겨진 헌 옷이 마치 그를 대신이라도 하는 것처럼 놓여 있었습니다.

지금은 땅에 움푹 패인 흔적들과 흙 속에 파묻힌 곡식창고의 돌무더기들만이 이곳이 그 사람들의 집터였다는 사실을 알려줄 뿐입니다. 이제 양지 바른 풀밭이 되어버린 그곳에는 딸기와 나무딸기, 개암나무와 옻나무들이 자라고 있습니다. 굴뚝이 있던 모퉁이에는 리기다소나무와 옹이가 박힌 떡갈나무가 자라고 있으며 현관의 섬돌이 있었을 법한 곳에는 향기를 내뿜는 검정자작나무가 바람에 일렁거리고 있습니다.

한때 샘물이 솟아오르던 곳에는 우물의 흔적이 보이기도 했지만 지금은 메마르고 물기 없는 잡초들만 자라고 있을 뿐입니다. 간혹 마지막으로 이곳을 떠나간 사람들이 자신들이 돌아올 때까지 발견되지 않도록 우물 위에 널찍한 돌을 얹고 뗏장까지 씌워놓은 곳도 있었습니다. 우물을 덮어야 하다니! 그것은 참으로 가슴 아픈 광경임에 틀림없습니다. 우물을 덮으며 그 사람들 가슴에서는 눈물의 샘이 복받쳐 올랐을 것입니다.

현관문은 물론 상인방과 문지방이 모두 없어지고 난 후 한 세대가 지났지만 화사한 라일락은 여전히 자라서 매해 봄이 되면 향기를 뿜어내는 꽃을 피우다가 공상에 빠진 나그네의 손길에 꺾이곤 합니다. 그 집에 살던 아이들이 집 앞의 공터에 심고 가꾸던 라일락은 이제 황량하게 몰락한 목장의 담벼락 곁에 서서 새롭게 생겨나는 숲에게 자리를 양보하고 있습니다. 라일락은 이곳에 살던 가족들의 마지막 계승자로서 유일하게 살아남은 생존자인 것입니다.

피부가 까무잡잡한 그 집의 아이들은 자신들이 꺾어와 집 앞의 그늘진 곳에 심고 매일 물을 준, 새싹이 두 개뿐인 보잘것없던 라일락 가지가 그처럼 뿌리를 뻗어내어 자신들보다, 그리고 그늘을 제공하던 집과 그 곁의 화단과 과수원보다 더 오래 살아남으리라는 것은 상상도 못했을 것입니다.

또한 자신들이 자라나서 죽고 난 후 반 세기가 지나서도 어떤 외로운 방랑자에게 자신들의 이야기를 나직하게 들려줄 것이라고는 상상도 못했을 것입니다. 그 첫해 봄에 그랬던 것처럼 아름다운 꽃을 피워내고 달콤한 향기를 뿜어내리라고는 생각하지 못했을 것입니다. 여전히 부드럽고 단아하면서도 쾌활한 라일락 꽃의 색깔을 새삼스러운 눈으로 바라봅니다.

이런 계절에는 방문객도 거의 없습니다. 눈이 수북이 쌓여 있을 때는 한두 주일 동안 어느 누구도 내 집 가까이에 다가오려고 하지 않습니다. 하지만 그곳에서 나는 들쥐들만큼이나 포근하게 살았습니다. 혹은 먹을 양식도 없이 눈사태에 파묻혀 오랫동안 생존했었다고 전해지는 가축이나 가금처럼 살았습니다.

: 눈 쌓인 숲 속을 걷는 즐거움

폭설! 얼마나 기분 좋은 단어인가! 폭설이 내리면 농부들은 한데 어울려 숲이나 늪으로 다가갈 수가 없기 때문에 자신들의 집 앞에 그늘을 만들어주는 나무들을 베어서 써야만 했습니다.

눈의 표면이 딱딱하게 굳게 되면 늪지의 나무들을 지상 10피트 높이에서 베어내 써야 했습니다. 땅은 다음 해 봄이나 되어야 드러날 것이기 때문입니다.

제아무리 험악한 날씨라도 나의 산책이나 외출을 결정적으로 방해할 수는 없었습니다. 너도밤나무나 노랑자작나무 또는 예전부터 친숙했던 소나무들과의 약속을 지키기 위해 나는 푹푹 빠지는 눈길을 헤치며 8마일씩이나 걸어간 적도 많습니다.

얼음과 눈의 무게 때문에 나뭇가지들은 축 늘어지고 나뭇가지 끝은 날카롭게 변해 소나무가 마치 전나무처럼 보이기도 합니다. 거의 2피트가 될 정도로 쌓여 있는 눈을 헤치며 높직한 언덕 꼭대기를 향해 발걸음을 옮길 때마다 머리 위로 쏟아져 내리는 또 다른 눈보라를 털어내야만 했습니다.

사냥꾼들마저 동면에 들어가 있던 그때에도 가끔 손과 발을 허우적거리며 그곳을 기어오르곤 했습니다.

어떤 때는 눈이 내리고 있음에도 불구하고 산책을 나섰다가 저녁이 되어 집으로 돌아오는 길에 내 집의 문앞에서부터 깊이 나 있는 나무꾼의 발자국과 마주치는 때도 있습니다.

벽난로 옆에는 그가 남겨놓은 나무 부스러기가 수북이 쌓여 있고 집 안은 그의 파이프 담배 냄새가 가득한 것을 발견하곤 합니다.

또한 어느 일요일 오후에 우연히 집에라도 있을라치면 영리한 농부 한 명이 뽀드득거리며 눈길을 밟고 오는 소리를 듣기도 합니다. 그는 나와 이런저런 이야기를 나누기 위해 숲을 가로질러 내 집을 찾아오는 것입니다.

그는 드물게도 농사를 지어 자립한 사람입니다.

그는 교수의 가운 대신 농부의 작업복을 걸친 사람이며 자신의 헛간에서 퇴비 한 짐을 끌어내는 일만큼이나 교회나 국가로부터 도덕성을 능숙하게 발췌해낼 준비가 되어 있는 사람입니다.

: 먼 곳에서 찾아오는 친구와 함께하는 즐거움

엄청나게 쌓인 눈과 가장 험난한 눈보라를 뚫고서 가장 먼 곳에서 내 집을 찾아온 사람은 시인*이었습니다.

농부나 사냥꾼, 군인, 신문기자 심지어는 철학자라 할지라도 이곳에 오기를 머뭇거렸을 텐데 그 어느 것도 시인을 막을 수는 없었습니다. 그의 동기는 순수한 사랑이었기 때문입니다. 시인이 오고 가는 것을 어느 누가 예측할 수 있을까요? 의사들마저 잠들어 있는 시간에도, 시인의 작업은 그를 어느 때라도 밖으로 불러내곤 하는 것입니다.

우리들은 조그마한 오두막을 떠들썩한 웃음소리로 울리기도 하고 진지한 대화로 집 안을 가득 채워 오랫동안 침묵에 싸여 있던 월든 골짜기를 수리합니다.

우리들의 오두막집과 비교하면 브로드웨이 거리는 오히려 조용하고 적막한 곳입니다. 아주 적절한 간격으로 웃음의 축포가 터졌습니다. 그 웃음소리가 그 전의 농담 때문인지 앞으로 나올 농담 때문인지에 대해서는 아무런 관심도 없습니다. 우리는 묽은 죽 한 그릇을 앞에 두고 전혀 새로운 인생론들을 만들어냈습니다. 그것은 유쾌함이 주는 이로움과 철학이 요구하는 맑은 정신을 결합한 것이었습니다.

* 앞에서 언급한 시인, 윌리엄 채닝.

호숫가에서 보냈던 마지막 겨울에 찾아왔던 또 한 사람의 반
가운 손님**을 잊을 수 없습니다. 그는 한때 마을을 가로질러 나
무들 사이로 내 집의 등불이 보일 때까지 눈과 비와 어둠을 뚫고
걸어와 길고 긴 겨울밤을 나와 함께 나누었던 사람입니다.

그는 코네티컷 주가 이 세상에 보내준 선물과도 같은 사람이
며 마지막 남은 철학자들 중 한 사람입니다. 처음에 그는 코네
티컷 주의 생산품을 팔았지만 나중에는 자신의 상품을 팔았노
라고 했습니다. 그는 여전히 신을 널리 알리고 인간에게는 수
치심을 가르치는 그 사업을 계속하고 있지만 마치 호두 속의
알맹이와도 같이 자신의 두뇌만을 자산으로 지니고 있는 사람
입니다.

내 생각에 그는 현재 살아 있는 모든 사람들 중에서 가장 신념
이 강고한 사람임이 분명합니다. 그의 말과 태도는 언제나 사람
들이 사물들에 대해 알고 있는 것보다 더 희망적인 생각을 전제
로 하고 있습니다. 그는 세상 돌아가는 일에 대해 절대 실망하는
일이 없습니다. 그는 현재에 자신을 투자하는 법이 없습니다. 지
금은 세상이 그를 조금 무시하고 있지만 그의 시절이 오게 되면
그 어느 누구도 생각조차 해보지 못한 법령들이 구현되어 가문

** 올컷(Amos Bronson Alcott, 1799~1888) : 《작은 아씨들》을 쓴 루이자 메이 올컷의 아버지
이다. 철학자가 되기 전에는 남부에서 북부 상품을 파는 일을 했으며 초월주의자였다.

의 수장들과 국가의 통치자들이 조언을 구하기 위해 몰려올 것입니다.

'평온을 볼 수 없는 자는 눈이 멀었나니'

그는 인간의 진정한 친구이며 인류의 진보를 위한 거의 유일한 친구이기도 합니다. 그는 낡은 비석을 손보며 닦아주고 다니며 방랑하던 노인*이며 어쩌면 불멸의 인간이라 할 수도 있습니다. 왜냐하면 그는 신의 마모되고 기울어진 기념비라 할 인간의 몸에 새겨져 있는 형상을 지치지 않는 인내와 신념으로 명료하게 드러내주는 사람이기 때문입니다.

그는 친절한 지성을 바탕으로 아이와 거지와 미치광이와 학자들을 포용하며 모든 사람들의 생각을 받아들이고 또 그들의 생각에 넓이와 간결함을 더해 줍니다.

그는 호의적인 지성을 바탕으로 아이들과 거지와 미치광이와 학자들을 포용하며 모든 사람들의 생각을 받아들이고 또 그들의 생각에 넓이와 간결함을 더해 줍니다. 나는 그가 이 세상이라는 도로변에 커다란 숙소를 운영해야만 한다고 생각합니다. 그곳에 온 나라의 철학자들을 묵게 하고 그곳의 간판에는 이런 문구를 새겨두어야 합니다.

* 추측하건대, 월터 딜 스콧의 소설에 나오는 비석을 손보며 떠돌아다니는 사람을 인용한 듯하다.

'인간을 환영합니다. 하지만 짐승과 함께 입장하실 수는 없습니다. 여유롭고 평온한 마음으로 진정으로 올바른 길을 찾고 있는 사람이라면 들어오십시오.'

마을에 있던 그의 집과 가끔은 나의 집에서 두고두고 기억될 만한 '알찬 시간들'을 함께 했던 사람이 한 명** 더 있었습니다. 하지만 그곳에서 더 이상의 교우 관계는 없었습니다.

다른 곳에서도 그랬던 것처럼 그곳에서도 나는 결코 오지 않는 손님을 기다리곤 했습니다. 힌두교의 성전(聖典) 〈비슈누 푸라나〉에는 이런 구절이 있습니다.

'저녁 때가 되면 집주인은 암소의 젖을 짜는 데 드는 시간만큼이거나, 혹시 스스로가 원한다면 조금 더 오랫동안 자신의 집 뜰에 머물면서 손님이 도착하기를 기다려야 한다.'

나는 그 손님 접대의 의무를 다하기 위해 한 무리의 암소들로부터 젖을 짤 수 있을 정도로 오래 기다렸지만 마을 쪽에서 이리로 다가오는 사람을 볼 수는 없었습니다.

** 에머슨(Ralph Waldo Emerson, 1803~1882) : 초월주의자이며 시인. 소로에게 많은 영향을 끼친 인물.

15
겨울의 동물들

평상시에는 새벽녘에 붉은다람쥐들 때문에 잠에서 깨어났습니다. 붉은다람쥐들은 지붕 위와 벽을 오르내리며 돌아다녔는데 마치 누군가가 나를 깨우기 위해 숲에서 보낸 것만 같았습니다. 겨울에는 문가에 쌓인 눈 위로 여물지 않은 옥수수 알들을 반 부셀쯤 던져놓고 그것에 유혹되어 다가오는 여러 동물들의 움직임을 바라보며 즐거워했습니다. 해질 무렵과 밤에는 언제나 토끼들이 다가와서 마음껏 배를 채우고 갔습니다.

호수의 물이 단단하게 얼어붙자 이곳저곳에 새로운 지름길들이 생겼을 뿐만 아니라 호수 주변의 낯익은 경치들도 새롭게 보였습니다. 비록 노를 저어 건너가거나 스케이트를 타고 자주 다녔던 곳이었지만, 눈으로 뒤덮인 플린트 호수를 가로질러 걸어갈 때는 너무나도 넓고 또 생소하여 머릿속으로는 배핀 해안만이 떠오를 뿐이었습니다.

눈으로 뒤덮인 평원의 저편 끝으로는 링컨 언덕들이 솟아올라 있었는데 너무도 생소하여 전에 그 꼭대기에 올랐던 기억이 나질 않을 정도였습니다. 얼음 위에는 어부들이 여기저기에서 늑대처럼 생긴 개들을 이끌고 천천히 움직이고 있었습니다.

그들은 마치 물개잡이나 에스키모처럼 보였는데, 날씨라도 흐릿할 때는 거인인지 난쟁이인지 알아차릴 수조차 없어 전설 속의 괴물처럼 보이기도 했습니다.

월든은 다른 호수들처럼 눈이 거의 쌓이지 않거나 드문드문 얕게 쌓였기 때문에 내 집 앞마당이라 할 수 있었습니다. 2피트 정도의 눈이 쌓여 마을 사람들이 겨우 대로만을 이용하고 있을 때에도 나는 호수 위를 자유롭게 산책할 수 있었습니다.

마을의 거리들로부터 뚝 떨어져 있으며 눈썰매의 방울 소리가 가끔 들려오는 호수 위에서 나는 사슴들이 다져놓은 널찍한 들판을 달리듯 썰매나 스케이트를 타곤 했습니다. 그런 나의 머리 위로는 참나무와 장엄한 소나무들이 눈의 무게와 잔뜩 매달린 고드름 때문에 아래쪽으로 잔뜩 굽어져 있었습니다.

: 월든 호수의 겨울 손님들

호수가 꽁꽁 얼어붙기 전인 겨울 초입의 어느 날 밤 아홉 시 경에 요란한 기러기 울음소리에 깜짝 놀라 현관 쪽으로 다가갔습니다. 마치 숲에 몰아닥친 폭풍우처럼 집 위를 낮게 날고 있는 기러기들의 날갯소리를 들었습니다.

호수를 지나쳐 페어 헤이븐을 향해 날아가고 있던 기러기들은 내 집에서 새어 나오는 불빛 때문에 월든 호수에 내려앉으려던

계획을 변경한 듯이 보였습니다. 대장 기러기는 계속해서 일정한 소리를 내어 기러기 떼를 지휘하고 있었습니다. 그때 갑자기 아주 가까운 곳에서 그동안 이 숲 속에서 들었던 그 어떤 소리보다 더 거칠고 무시무시한 올빼미의 울음소리가 기러기들의 울음소리에 응답하듯 규칙적인 간격으로 들려오는 것이었습니다.

그것은 마치 허드슨 만에서 날아온 침입자들에게 토착민의 울음소리가 더 넓은 음역과 더 큰 성량을 지니고 있음을 알리는 것으로 망신을 주어 콩코드의 지평선 밖으로 쫓아내는 것 같았습니다.

어떤 의도로 올빼미에게 바쳐진 이 신성한 밤 시간에 우리들의 성채를 소란스럽게 하는가? 내가 이런 시간에 졸고만 있을 것 같은가! 나의 목청이 너보다 못할 것 같은가? 부엉, 부엉, 부엉! 그 울음소리는 내가 들어본 소리 중에서도 가장 끔찍한 불협화음이었습니다. 하지만 그 소리를 조심스럽게 들어보면, 이 근처에서는 보거나 들어볼 수 없었던 화음의 요소가 있음을 알 수 있습니다.

나는 또한 콩코드 일대에서 가장 절친한 베갯머리 친구라 할 호수의 얼음 우는 소리를 들었습니다. 잠자리에서 편히 잠들지 못하고 이리저리 뒤척이는 얼음은 속이 편치 않거나 나쁜 꿈이라도 꾸는 것 같았습니다. 결빙에 의해 땅이 갈라지는 소리를 들고 잠에서 깨어난 적도 있는데, 그 소리는 마치 누군가가 가축 떼를 내 집 현관으로 몰아대고 있는 것처럼 들렸습니다. 아침이 되어 밖으로 나가보면 4분의 1마일이나 되는 땅이 3분의 1인치 정도의 폭으로 갈라져 있는 것을 볼 수 있었습니다.

: 숲 속 친구들의 겨울 나기

평상시에는 새벽녘에 붉은다람쥐들 때문에 잠에서 깨어났습니다. 붉은다람쥐들은 지붕 위와 벽을 오르내리며 돌아다녔는데 마치 누군가가 나를 깨우기 위해 숲에서 보낸 것만 같았습니다.

겨울에는 문가에 쌓인 눈 위로 여물지 않은 옥수수 알들을 반 부셸쯤 던져놓고 그것에 유혹되어 다가오는 여러 동물들의 움직임을 바라보며 즐거워했습니다. 해질 무렵과 밤에는 언제나 토끼들이 다가와서 마음껏 배를 채우고 갔습니다. 붉은다람쥐들은 온종일 들락날락거리며 갖가지 수법을 보여주며 재미있는 볼거리를 제공해주었습니다.

땅이 아직 눈으로 뒤덮이지 않았을 때와 겨울이 막바지에 이르면 집 근처의 남쪽 등성이와 나뭇단 주변의 얼음이 녹아내리면서 숲에서 나온 들꿩들이 아침저녁으로 먹이를 찾아 그곳으로 왔습니다. 숲 속을 이리저리 거닐다보면 들꿩이 날갯짓을 하며 황급히 도망치는 것을 흔히 보게 됩니다.

그럴 땐 머리 위의 나뭇가지와 잎사귀에 쌓여 있던 눈이 마치 체로 걸러낸 금가루처럼 햇빛 속에 쏟아져 내렸습니다. 이 용감한 새는 겨울을 무서워하지 않습니다. 들꿩은 자주 눈 속에 파묻히기도 하고, '어떤 때는 부드러운 눈 속에 날개까지 파묻은 채 그 안에서 하루 이틀 정도 숨어 지내기도 한다'*고도 합니다.

다람쥐와 들쥐들은 보관해둔 호두를 먹으려고 서로 다투었습니다. 집 주위엔 지난 겨울에 들쥐들이 갉아먹은 직경이 1~4인치 정도 되는 리기다소나무들이 수십 그루 있었습니다. 지난 겨울은 눈도 많이 내렸고 오랫동안 녹지 않고 쌓여 있었기 때문에 노르웨이의 겨울만큼이나 버티기 힘들어 들쥐들은 나무 껍질이

---

* 확실하지 않으나 미국의 자연주의자이며 야생사진 작가인 존(John James Audubon, 1785~1851)의 말을 인용한 것으로 추측된다.

라도 갉아먹으며 연명해야 했던 것입니다.

밑둥 근처의 껍질이 다 드러나도록 갉아먹혔지만 리기다소나무들은 한여름에는 싱싱하게 성장하여 대부분은 1피트 정도씩이나 크기도 했습니다. 하지만 겨울에 또 다시 갉아먹히자 나무들은 하나같이 다 죽고 말았습니다. 작은 들쥐 한 마리가 커다란 소나무를 위아래로 갉아먹지 않고 빙 둘러가며 갉아먹어 넘어지도록 자연이 허용한다는 것은 경이로운 일입니다. 하지만 너무나도 빽빽하게 자라나는 리기다소나무를 솎아주는 것도 필요한 일일 수도 있습니다.

땅거미가 질 무렵이 되면 내가 버린 감자 껍질을 먹기 위해 산토끼들이 문앞으로 모여들었습니다. 땅 색깔과 너무 흡사한 산토끼들은 움직이지 않고 있으면 거의 알아차리지 못할 정도였습니다. 어떤 때는 해질녘이 되어 창 밑에 꼼짝 않고 앉아 있는 토끼를 보았다가 순간적으로 볼 수 없었던 경우도 있습니다.

저녁이 되어 문을 열고 나갈 때 끽끽 소리를 내며 달아나는 토끼를 보기도 합니다. 잡힐 듯 가까이에 있는 산토끼를 보면 동정심이 일곤 했습니다.

산토끼나 들꿩이 황급히 도망가는 것을 보았을 때, 바스락거리는 나뭇잎처럼 당연히 그곳에 있음직한 자연스러운 것을 본 것입니다. 그 어떤 격변이 일어나더라도 이 땅의 진정한 토박이들처럼 들꿩과 산토끼는 분명 살아남아 번성할 것입니다. 만약 숲이 몽땅 잘려 나간다 해도 움트는 싹들과 수풀이 이들의 은신처를 제공해줄 것이며 오히려 그 수를 늘려갈 것입니다.

한 마리의 산토끼조차 먹여살릴 수 없다면 그 땅은 참으로 척박한 곳입니다. 우리들의 숲에는 산토끼와 들꿩들이 번성하고 있습니다. 목동들이 설치한 덫과 함정들이 있지만 모든 늪지대에서 그들이 돌아다니는 것을 볼 수 있습니다.

16

천국의 거울,
겨울 호수

오래 전부터 잊혀져 있던 월든 호수의 바닥을 되살리고 싶었던 나는 1846년 초 얼음이 녹기 전에 나침반과 사슬 그리고 수심을 재는 측연선으로 정성을 다해 측정했습니다. 이 호수에 대해서는 많은 이야기들이 전해져오고 있지만 주로 바닥이 없다는 등의 이야기였습니다. 하지만 그런 이야기에는 아무런 근거도 없는 것이 분명합니다. 호수의 바닥을 조사해보려는 노력도 해보질 않고 그처럼 오랫동안 바닥이 없다고 믿고 있다는 건 참으로 놀랄 만한 일입니다.

적막한 겨울밤이 지나고 잠에서 깨어났을 때, 꿈속에서 어떤 질문을 받고 그에 대한 대답을 하기 위해 애를 썼지만 아무런 소용이 없었다는 생각이 뇌리에 남아 있었습니다. 무엇이? 어떻게? 언제? 어디서? 하지만 이제 대자연이 잠에서 깨어나고 있으며 그 안의 모든 살아 있는 것들이 살아 움직이기 시작하고 평온하고 만족스런 얼굴로 널찍한 창문들을 통해 나를 들여다보고 있습니다. 또한 대자연의 입술에는 아무런 질문도 담겨 있지 않습니다.

나는 이미 해답을 찾아낸 질문과, 대자연과 햇살 안에서 잠을 깹니다.

어린 소나무들이 점점이 박혀 있는 높게 쌓인 눈밭과 나의 집이 자리 잡고 있는 언덕의 비탈은 '앞으로 나가시오!'라고 말하는 것 같았습니다.

대자연은 그 어떤 질문도 건네지 않으며, 인간들이 물어대는 질문에도 아무런 대답을 하지 않습니다. 대자연은 아주 오래 전부터 그런 결심을 하고 있는 것입니다.

산들거리는 바람에도 민감하게 반응하여 모든 빛과 그늘을 비추며 부드럽게 일렁이던 호수의 수면은, 겨울이 오면 1~1.5 피트의 두께로 얼어버립니다. 그리하여 육중한 가축 한 무리의 무게에도 거뜬히 견디어 냅니다. 눈이 내려 얼음 두께만큼 쌓이기라도 하면 들판과 구분할 수도 없게 됩니다. 빙 둘러싼 산등성이에 사는 마못들처럼 호수는 눈꺼풀을 내리고 석 달 혹은 그 이상의 시간 동안 동면에 들어갑니다. 눈으로 뒤덮인 들판에 서자 마치 언덕으로 둘러싸인 목초지에라도 서 있는 것 같습니다.

우선 1피트 정도의 눈을 치운 후, 다시 1피트 두께의 얼음을 깨어내 발 아래로 창문을 열고는 무릎을 꿇고 앉아 물을 마시며 물고기들의 고요한 거실을 내려다봅니다.

그곳에는 젖빛 유리창을 통해 들어온 듯한 부드러운 햇살이 퍼져 있고 여름과 똑같이 부드러운 모래가 깔려 있습니다. 그곳에는 호박색 노을이 질 때처럼 흔들림 없는 영원한 고요가 깃들어 있어 그곳 거주자들의 침착하고 한결같은 기질과 잘 어울립니다. 우리들의 머리 위에 천국이 있는 것처럼 우리들의 발 밑에도 천국이 있습니다.

188

: 영원에 대한 믿음과 바닥 없는 호수

오래 전부터 잊혀져 있던 월든 호수의 바닥을 되살리고 싶었던 나는 1846년 초 얼음이 녹기 전에 나침반과 사슬 그리고 수심을 재는 측연선으로 정성을 다해 측정했습니다. 이 호수에 대해서는 많은 이야기들이 전해져오고 있지만 주로 바닥이 없다는 등의 이야기였습니다. 하지만 그런 이야기에는 분명 아무런 근거도 없습니다. 호수의 바닥을 조사해보려는 노력도 해보질 않고 그처럼 오랫동안 바닥이 없다고 믿고 있다는 건 참으로 놀랄 만한 일이었습니다.

월든 호수는 평상적인 호수의 깊이는 아니지만 아주 깊으면서 단단한 호수 바닥을 가지고 있었습니다. 나는 대구잡이용 낚싯줄에 1.5파운드짜리 돌멩이를 달아 쉽게 호수 바닥을 측정했습니다. 바닥에서 물에 의해 떠오르기 전에 세게 잡아당겨야 했으므로 돌이 바닥에 떨어진 순간을 정확하게 말할 수 있습니다.

가장 깊은 곳은 정확하게 102피트였습니다. 그리고 수위가 높아졌으므로 5피트 정도 추가된 107피트가 될 것입니다. 그렇게 작은 면적에서는 놀라운 깊이입니다. 어떤 상상력으로 단 1인치도 깎아내릴 수 없습니다.

만약 모든 호수의 깊이가 얕다면 어떤 일이 생길까요? 사람들의 정신세계에 어떤 영향을 미치지는 않을까요? 나는 월든 호수가 깊고 순수한 형상으로 만들어져 있어 일종의 상징이 되고 있음을 무척이나 고맙게 생각합니다. 인간들이 영원함을 믿고 있는 한, 몇몇 호수들은 그 바닥이 없을 것이라고 여겨질 것입니다.

얼음을 뚫고 호수의 깊이를 측량했기 때문에 수면이 얼지 않는 해안에서 측량하는 것보다 훨씬 더 정확하게 바닥의 형태에 대해 파악할 수 있었으며 바닥이 일정한 모습을 갖추고 있다는 것을 알고 깜짝 놀랐습니다. 수심이 가장 깊은 곳에 있는 수에이커에 달하는 바닥이, 태양과 바람과 쟁기에 의해 다듬어진 그 어떤 경작지들보다 더 평탄했습니다.

50미터를 1인치로 축소하여 호수의 지도를 그리고 백 군데 이상의 장소에서 측량한 깊이를 모두 기입해 넣었을 때, 놀랄 만한 우연의 일치가 발생한다는 것을 발견하게 되었습니다. 가장 깊은 곳을 나타내는 숫자가 정확히 지도의 한가운데에 있다는 것을 알고 있는 상태에서, 자를 지도 위에 가로와 세로로 놓아 보았을 때 놀랍게도 가장 긴 가로 선과 세로 선이 가장 깊은 곳에서 정확히 교차하고 있는 것이었습니다.

: 호수의 얼음은 여름 음료가 되고

여전히 춥기만 한 1월이어서 눈과 얼음은 두껍고 단단하지만 근면한 땅주인은 여름에 마실 음료를 시원하게 해줄 얼음 채취를 위해 마을에서 이곳으로 왔습니다. 세상에는 여전히 제대로 준비되지 않은 것들이 많음에도 불구하고, 아직 1월인 지금 7월에 있을 더위와 갈증에 대비하기 위해 두꺼운 외투를 입고 장갑을 끼고 온 그의 인상적이면서 한편으론 측은하기도 한 현명함이라니! 그는 다음 생에서 마실 여름 음료를 시원하게 해줄 보물을 현세에서는 전혀 비축해두지 못하고 있을 것입니다.

그는 꽁꽁 얼어붙은 호수를 잘라내고 톱으로 썰어 고기들이 사는 집의 지붕을 들어냅니다. 그는 물고기 집의 일부분과 공기를 마치 장작이나 되는 듯이 쇠사슬과 말뚝으로 재빠르게 묶어 마차에 싣고는 상쾌한 겨울 공기 속을 지나쳐 냉랭한 지하실로 옮겨가 여름을 준비하려는 것입니다.

월든 호수의 얼음은 가까이에서 보면 호수물이 그렇듯이 옅은 녹색을 띠고 있지만 조금 떨어져서 바라보면 아름다운 푸른색으로 보입니다. 그리고 4분의 1마일 정도의 거리에서 보면 강의 흰색 얼음이나 다른 호수들의 밋밋한 초록색 얼음과 쉽게 구별을 할 수 있습니다. 가끔 얼음을 채취해가던 썰매에서 떨어진 커다란 얼음 한 덩어리가 마을의 거리에 나뒹굴 때가 있습니다. 그런 얼음 덩어리는 마치 커다란 에메랄드처럼 일주일 동안이나 그곳에 있으면서 지나가는 행인들의 관심을 끕니다.

나는 창문을 통해 백여 명의 인부들이 수레와 말 그리고 온갖 농기구를 사용하여 바쁜 농사꾼들처럼 일하는 광경을 16일 동안 지켜보았습니다.

그 광경은 달력의 첫 장에서 흔히 볼 수 있는 그런 한 폭의 그

림이었습니다. 창밖을 내다볼 때마다 종달새와 추수하는 사람의 우화* 혹은 씨앗 뿌리는 사람의 이야기**가 머릿속에 떠올랐습니다.

이제 그 사람들은 모두 떠나가버렸고 앞으로 30일만 더 지나게 되면 분명 이 창문을 통해 바닷물처럼 푸르고 순수한 월든 호수 물을 바라보게 될 것입니다.

그 수면 위로는 구름과 나무들의 그림자가 드리워져 있을 것이며 호수는 외로이 하늘로 수증기를 올려 보내고 있을 것입니다. 어떤 사람이 그 호수 위에 서 있었다는 흔적은 전혀 찾아볼 수 없을 것입니다. 불과 얼마 전까지도 백 명의 사람들이 안심하고 일하던 바로 그곳에서 아비 한 마리가 물속으로 뛰어들거나 깃털을 가다듬으며 터뜨리는 울음소리를 듣게 될 것입니다. 또는 고적한 낚시꾼이 떠다니는 나뭇잎 같은 배에 몸을 싣고 잔물결 속에 비치는 자신의 모습을 바라보고 있는 것을 보게 될 것입니다.

---

* 라 퐁텐의 우화 장면.
** 성경 : 마태복음 13:3~9, 좋은 땅에 떨어진 씨앗만이 자라나서 몇 배의 결실을 맺는다는 비유 이야기.

17

봄

푸근한 봄날이 다가오면 강가에 사는 사람들은 한밤중에 대포소리 같은 엄청난 소리를 내며 얼음이 깨지는 소리를 듣게 됩니다. 마치 강을 옭아매고 있던 얼음 쇠사슬이 산산조각 나버리는 것 같습니다. 그리고는 며칠 지나지 않아 얼음은 빠르게 녹아버립니다. 또한 악어도 대지의 움직임과 함께 진흙 속에서 그 모습을 드러냅니다.

일 년 동안 발생하는 여러 가지 자연현상들이 호수에서는 매일매일 자그마한 규모로 일어납니다. 일반적으로 말하자면, 아침마다 수심이 얕은 곳의 물은 깊은 곳의 물보다 빨리 따뜻해지며(비록 심할 정도로 따뜻해지지는 않지만) 저녁부터 아침까지는 깊은 곳의 물보다 빨리 차가워집니다.

하루는 일 년의 축소판입니다. 밤은 겨울이며 아침과 저녁은 봄과 가을이고 한낮은 여름입니다. 얼음에서 깨지는 소리, 웅웅거리는 소리가 나는 것은 기온의 변화가 생겼음을 나타냅니다.

1850년 2월 24일, 추운 밤이 지나고 상쾌한 아침이 되어 나는 하루를 보내기 위해 플린트 호수로 갔습니다. 그곳에서 도끼 머리로 얼음을 내리쳤을 때 마치 징이라도 두들긴 것처럼, 혹은 팽팽한 북을 친 것처럼 사방으로 울려퍼지는 소리에 깜짝 놀랐습니다. 해가 뜨고 대략 한 시간쯤 지나 언덕 너머에서 비스듬히 태양빛이 내리쬐자 호수는 웅웅거리는 소리를 내기 시작했습니다. 마치 잠에서 깨어난 사람처럼 기지개를 켜고 하품을 하며 서너 시간 동안이나 점점 더 요란 소리를 냈습니다.

: 호수는 자신의 법칙에 따라 소리를 냅니다

낚시꾼들에 의하면 '호수의 천둥소리'에 놀란 물고기들이 미끼를 물지 않는다고 합니다. 하지만 저녁마다 그 천둥소리를 내는 것은 아닙니다. 그리고 언제 그 소리를 낼지도 예측할 수 없습니다. 기후에 특별한 변화가 없음에도 호수는 갑작스럽게 천둥소리를 내는 것입니다.

그처럼 덩치 크고 차가우며 두꺼운 피부를 가진 호수가 그토록 민감할 것이라고는 상상하기 힘듭니다. 하지만 봄이 오면 분명 새싹이 돋아오르는 것처럼 호수는 자신의 법칙에 따라 소리를 내야 할 때가 되면 반드시 소리를 내는 것입니다. 대지는 살아 있으며 예민한 돌기들로 덮여 있습니다. 제아무리 커다란 호수일지라도 시험관 속의 수은처럼 대기의 변화에 민감한 것입니다.

198

강과 호수의 얼음이 녹는 것과 같은, 기온이 따뜻해지는 것과 연관된 대부분의 작은 사건들은 계절의 차이가 심한 곳에 사는 사람들에게는 깊은 관심의 대상이 됩니다.

푸근한 봄날이 다가오면 강가에 사는 사람들은 한밤중에 대포소리 같은 엄청난 소리를 내며 얼음이 깨지는 소리를 듣게 됩니다.

마치 강을 옭아매고 있던 얼음 쇠사슬이 산산조각 나버리는 것 같습니다. 그리고는 며칠 지나지 않아 얼음은 빠르게 녹아버립니다. 또한 악어들도 대지의 움직임과 함께 진흙 속에서 그 모습을 드러냅니다.

: 대자연이 인류의 어머니입니다

인간은 서서히 녹고 있는 진흙 덩어리일 뿐입니다. 인간의 손가락 끝은 한 방울의 진흙이 응고된 것일 뿐입니다. 서서히 녹고 있는 신체의 덩어리에서 흘러내린 것이 손가락과 발가락입니다. 보다 온화한 환경이라면 인간의 육체가 어느 정도까지 확장되고 흘러나갈 것인지 어찌 알 수 있을까요? 손은 둥근 돌출부와 잎맥을 지닌 야자나무 잎과 같은 것이 아닐까요?

공상을 해본다면 귀는 돌출부와 방울을 지닌 채 머리 옆에 붙어 있는 이끼라 할 수 있을 것입니다. 입술은 동굴 같은 입의 위 아래에 생긴 돌출 부분입니다. 코는 흘러내려 우뚝해진 한 방울의 진흙 혹은 종유석입니다. 턱은 조금 더 큰 진흙방울이 얼굴 전체에서 흘러내려 모인 것입니다. 뺨은 이마에서부터 얼굴의 골짜기를 따라 흘러내리다 광대뼈에 부딪혀 흩어진 것입니다.

(얼었다가 녹고 있는) 그 언덕이 대자연의 작동원리를 생생하게 보여주고 있는 것처럼 보였습니다. 지구의 창조자는 그저 한 잎의 잎사귀에 대한 특허권을 따놓았을 뿐입니다. 샹폴리옹* 같은 사람이 그 상형문자를 해독해내어 마침내 우리들을 위해 새로운 잎, 새로운 장이 열리게 될 것인지? 이 언덕 비탈에서 벌어지는 현상은 우거진 포도 농원의 풍요보다도 더 나를 들뜨게 하고 있습니다.

사실, 그것은 배설물 같은 성격을 약간 가지고 있으며 지구의

---

* 샹폴리옹(Jean Francois Champollon, 1790~1832) : 이집트에서 발견한 로제타석을 해독하여 고대 이집트 비문의 상형문자를 해독하는 계기를 만들었다.

안팎을 뒤집어놓은 것처럼 간과 폐와 내장이 무더기로 쌓여 있는 것이기도 합니다. 그러나 이것은 대자연이 내장을 가지고 있음을, 그리고 결국 대자연이 우리 인류의 어머니임을 암시하는 것 아니겠습니까? 이것은 땅 속에 웅크리고 있던 얼음이 빠져나오는 것이며 이것이 바로 봄입니다.

그런 다음에 꽃 피는 푸른 봄이 뒤따르게 됩니다. 마치 신화가 있은 다음에는 순수한 시가 뒤따르듯이. 겨울의 열기와 소화불량을 씻어내는 데 이것보다 더 나은 것이 있을 것 같지 않습니다.

지구는 책의 페이지들처럼 차곡차곡 쌓여, 주로 지질학자나 고고학자들의 연구 대상이 되는 죽은 역사의 파편이 아닙니다. 오히려 꽃이나 열매보다 더 앞서 자라나는 나뭇잎처럼 살아 있는 시입니다.

지구는 화석이 되어버린 땅이 아니고 살아 있는 땅입니다. 지구의 중심에 내재한 위대한 생명력과 비교한다면 온갖 동물과 식물의 생명력은 그저 기생하고 있는 수준일 뿐입니다.

지구가 진통을 겪게 되면 인간의 잔해들은 그 무덤에서 내던

져질 것입니다. 인간은 금속물을 녹여 가장 아름다운 거푸집을 이용해 아름다운 형상을 만들어낼 수 있습니다. 하지만 그렇게 만들어진 것들이라 해도 녹아내린 땅이 만들어내는 형상보다 나를 흥분시키지는 못할 것입니다.

: 새봄이 오는 소리, 생명이 움트는 소리

땅을 덮고 있던 눈이 부분부분 녹아내리고 따뜻한 날씨가 며칠 동안 지속되어 지표면의 물기가 어느 정도 사라지게 되면 새로운 해가 시작되었음을 알려주는 최초의 징조인 새싹들이 그 모습을 드러냅니다. 그 새싹들과 겨울을 견뎌내며 초췌해졌지만 당당한 아름다움을 잃지 않고 있는 몇몇 잡초들을 비교해보는 것은 즐거운 일입니다.

햇빛 아래에서 띠를 이루며 반짝거리는 호수의 수면을 바라보는 것은 너무나도 멋진 일입니다. 꾸밈없는 호수의 얼굴에는 기뜸과 생동감이 넘쳐흐릅니다. 그 모습은 마치 물속의 물고기들과 호숫가 모래들의 기쁨을 대변해주고 있는 것 같습니다.

잉어의 비늘처럼 은빛으로 반짝이는 그 모습은 커다란 물고기 한 마리가 꿈틀거리고 있는 것처럼 보입니다. 이것이 바로 겨울과 봄의 차이입니다.

죽었던 월든 호수가 이제 다시 생생하게 살아납니다.

멀리서 개똥지빠귀의 노랫소리가 들려왔습니다. 아주아주 오래 전에 처음으로 들었던 그때처럼 아름답고 힘찬 노랫소리는 몇천 년이 지난다 해도 잊을 수 없을 것 같습니다.

거북이와 개구리는 거의 대부분 지방에서 봄의 선봉이자 전령입니다. 새들이 파닥파닥 날아다니며 노래하고, 초목이 싹을 틔워 꽃을 피우며, 바람이 불어오는 것은 지구 양극의 미세한 진동을 바로잡아 대자연의 균형을 유지하기 위한 것입니다.

돌아오는 모든 계절이 다 훌륭하지만 봄이 왔음은 마치 혼돈

으로부터 우주가 창조되고 황금시대가 구현된 것 같은 생각이
듭니다.

가벼운 비가 단 한 번 내리는 것만으로도 풀잎은 더욱 더 푸르
러집니다. 그처럼 훌륭한 생각을 받아들이면 사람들의 미래 또
한 훨씬 밝아질 것입니다. 언제나 현재에 살면서, 자신 위로 떨
어져 내린 아주 조그마한 이슬방울의 고마움도 받아들이는 풀잎
처럼, 맞닥뜨리는 모든 일들을 유용하게 만들 수 있다면 참으로
축복 받은 존재가 될 것입니다. 보통 의무 수행이라 불리는, 지
나가버린 기회를 소홀히 한 것을 애석해 하며 시간을 낭비하지
않는다면 우리는 정말 축복받은 존재일 것입니다.
　봄은 이미 훌쩍 다가와 있는데 사람들은 아직도 겨울에 머물
러 있습니다.

: 월든 숲을 떠나며

새봄의 수많은 아침에 강변으로 나아가 덤불과 버드나무 뿌리들을 건너뛰어다니곤 했습니다. 생기 넘치는 강물의 골짜기와 숲에는 깨끗하고 밝은 빛이 충만해 있어 죽은 사람들이라도 깨어나게 할 것 같았습니다. 그들이 정말 죽은 것이 아니라 무덤에서 잠을 자고 있는 것이라고 생각하는 사람들처럼…….

인간의 불멸성에 대해 그 밝은 빛 이상의 증거는 필요하지 않을 것입니다. 세상의 모든 것은 그런 빛 속에서만 살아야만 합니다. 그렇게 된다면 죽음의 고통은 없을 것이며, 무덤의 승리 또한 없을 것입니다.

인간들은 모든 것에 대해 탐구하여 알고 싶다는 욕망을 지니고 있지만 또 한편으로는 그 모든 것이 신비에 싸인 채 남기를 바랍니다. 그것은 육지와 바다가 한없는 야성을 지닌 채 미개척으로 남아 있기를 원하는 것과 같습니다. 대자연을 흡족할 만큼 영원히 받아들일 수는 없습니다. 사람들은 대자연의 무궁무진한 힘, 거대한 형상, 난파선의 잔해로 뒤덮인 해안, 생나무와 썩은 나무들이 뒤엉켜 있는 황무지, 천둥을 품고 있는 먹구름, 3주간 이나 퍼부어 홍수를 일으킨 폭우 등을 보며 자연에 대한 생각을 새로 해야 합니다.

5월 초가 되자 호수 주변의 소나무들 틈에서 자라던 떡갈나무, 호두나무, 단풍나무들이 새싹을 틔워냈습니다. 그 새싹들은 햇빛처럼 밝게 빛을 발해 주변의 경관을 밝게 해주었습니다. 특히 구름이라도 잔뜩 낀 날에는 더욱 그 빛을 발했습니다.

그 모습은 태양이 안개를 뚫고 산등성이의 여기저기를 부드럽게 비추는 것만 같았습니다.

오래되지 않아 리기다소나무의 유황 같은 꽃가루가 호수와 주변의 바위들 그리고 썩은 나무들 위를 누런 빛으로 뒤덮었습니다. 한 통 정도는 쉽게 쓸어 담을 수 있을 것 같았습니다. 이른바 '유황소나기'입니다. 인도 시인의 희곡 〈샤쿤탈라〉에도 '연꽃의 황금색 꽃가루로 노랗게 물든 시냇물'이라는 구절이 있습니다.

그렇게 조금씩 자라나는 풀숲 속을 거니는 동안 계절은 여름으로 접어들어갔습니다. 그렇게 숲에서 생활했던 첫번째 해가 마무리되어 갔습니다. 그 다음 해도 첫해와 비슷했습니다.

1847년 9월 6일 나는 마침내 월든 숲 속을 떠났습니다.

18

월든을 떠나며

숲에 들어갈 때 그랬듯이 중요한 이유 때문에 숲을 떠났습니다. 살아야 할 몇 가지의 삶이 남아 있음을 깨달았으며 그리하여 숲에서의 생활에 그 이상의 시간을 할애할 수는 없었습니다. 자신도 알아차리지 못하는 사이에 쉽게 정해진 길을 걷게 되고, 스스로를 위해 닦여진 길을 만들게 되는 것은 참 놀라운 일입니다.

의사들은 현명하게도 아픈 사람들에게 공기와 장소를 바꾸어볼 것을 권합니다. 지금 우리가 살고 있는 이곳만이 세상의 전부가 아니라는 건 참 고마운 일입니다.

그러므로 우리들은 호기심 많은 여행자들처럼 우리가 타고 있는 배의 난간 너머를 자주 내다보아야만 하며 낡은 밧줄로 배의 빈틈이나 메꾸고 있는 우둔한 선원처럼 항해를 해서는 안될 것입니다.

그대의 눈을 안쪽으로 돌려보세요,
그러면 그대의 마음속에 있는
미지의 땅 천 개를 찾아낼 것입니다.

그곳을 여행하십시오, 그리하여
'자기 자신'이라는 우주의 전문가가 되십시오.[*]

자신의 내면에 있는 신대륙과 신세계를 발견하는 콜럼버스가
되십시오. 무역을 위해서가 아닌 사상의 소통을 위한 새로운 항
로를 개척하십시오. 모든 사람은 자기 왕국의 제왕이며 그 왕국
에 비하면 러시아 황제가 다스리는 현세의 대제국은 보잘 것 없
이 작은 나라, 얼음산의 자그마한 언덕에 불과합니다.

아무런 자존심도 없이 애국심에 불타 아주 조그마한 것을 위
해 커다란 것을 희생하는 사람들도 있습니다. 그들은 앞으로 자
신의 무덤이 될 땅은 사랑하지만, 지금 당장 자기 육신을 활기차
게 해줄 정신에 대해선 아무런 관심도 없는 사람입니다.

숲에 들어갈 때 그랬듯이 중요한 이유 때문에 숲을 떠났습

---

* 윌리엄 해빙턴(William Habington, 1605~1654)의 시 〈존경하는 나의 친구 에드워드 나이
  트 경에게〉에서 인용.

212

니다. 살아야 할 몇 가지의 삶이 남아 있음을 깨달았으며 그리하여 숲에서의 생활에 그 이상의 시간을 할애할 수는 없었습니다. 자신도 알아차리지 못하는 사이에 쉽게 정해진 길을 걷게 되고, 스스로를 위해 닦여진 길을 만들게 되는 것은 참 놀라운 일입니다.

부드러운 땅에는 사람들의 발자국이 나게 되어 있습니다. 마음의 길도 마찬가지입니다. 세계로 난 커다란 길은 얼마나 자주 밟혀서 닳고 먼지투성이가 되어 있을 것이며, 또 전통이나 타협이라는 바퀴자국은 얼마나 깊이 패었겠습니까!

나는 선실에 편히 쉬며 손님으로서 항해하기보다 인생의 돛대 앞에 그리고 갑판 위에 있기를 원했습니다. 이제 배 밑으로 내려갈 생각은 전혀 없습니다.

나는 경험을 통해 다음과 같은 것들은 배웠습니다.

품고 있는 꿈의 방향으로 자신있게 나아가고 원하던 생활을 하기 위해 노력한다면 생각지도 못했던 성공을 맞이하게 될 것이라는 것입니다. 그럴 때 과거를 뒤로 하고 보이지 않는 경계선을 넘게 될 것입니다. 그리하여 새롭고 보편적이며 보다 자유로운 법칙이 자신의 주변과 내부에 확립되기 시작할 것입니다.

생활을 소박하게 만들수록 우주의 법칙은 더욱 명쾌해질 것입니다. 그리하여 고독은 더이상 고독이 아니며, 빈곤 역시 더이상 빈곤이 아니며, 연약함도 더이상 연약함이 아닐 것입니다. 만약 공중에 누각을 쌓았다 해도 그것이 헛된 일만은 아닙니다. 누각이란 본래 공중에 있어야 하는 것이니 그 아래로 토대만 잘 쌓으면 됩니다.

삶이 제아무리 비천하다 해도 당당히 마주하고 살아나가야 합니다. 삶을 회피하거나 험악하게 규정짓지 마십시오. 당신의 삶은 당신의 본질만큼 나쁘지 않습니다. 가장 부자일 때 당신의 삶은 가장 초라하게 보입니다. 흠잡기를 즐기는 사람은 천국에 가서도 흠을 잡으려 할 것입니다. 비록 가난하더라도 당신의 인생을 사랑하십시오. 보잘것없는 집에 살더라도 즐겁고 흥분되며 영광스러운 시간들을 즐길 수 있습니다.

석양빛은 부자의 저택 창에서와 마찬가지로 양로원의 창도 밝게 비추어 줍니다. 새봄이 오면 문 앞에 쌓인 눈도 녹아내립니다. 차분하게 인생을 바라보는 사람은 그런 곳에 살더라도 궁전에 사는 것처럼 만족스러워 할 것이며 유쾌한 생각을 품을 수 있을 것입니다.

정원에서 샐비어와 같은 약초를 가꾸듯 가난을 가꾸십시오. 옷이든 친구이든 새로운 것을 차지하기 위해 너무 자신을 괴롭히지 마십시오. 오래된 옷을 다시 입고 옛 친구들에게로 돌아가십시오. 변하는 것은 없습니다. 다만 우리들이 변하는 것입니다.

옷은 팔더라도 생각만큼은 간직하십시오. 신께서 당신을 외롭지 않도록 살펴주실 것입니다. 날마다 거미처럼 다락방 한구석에 하루 종일 갇혀 있게 되더라도 생각만 버리지 않는다면 세상이 조금이라도 좁아졌다고 생각하지 않을 것입니다.

세상의 어떤 곳이든 단단한 밑바닥은 있습니다. 어느 나그네가 한 소년에게 자기 앞에 있는 늪의 바닥이 단단한지를 물어보았다는 글을 읽어본 적이 있습니다. 소년은 그 바닥이 딱딱하다고 대답했습니다. 하지만 그 나그네가 타고 있던 말은 이내 허리 께까지 빠져들어갔습니다. 나그네는 소년에게 물었습니다.

"이 수렁의 바닥이 딱딱하다고 말하지 않았니?"

"제 말이 맞아요. 아저씨는 아직 그 바닥에 닿으려면 반쯤은 더 들어가야 하거든요."

눈을 감게 만드는 빛은 사람들에겐 어두움일 뿐입니다. 우리 들이 깨어 있을 때에만 새벽의 먼동이 트는 것입니다. 먼동이 틀 날들은 많이 있습니다. 태양은 그저 아침에 뜨는 별인 것입니다.

사람들은 자신이 머물고 있는 곳에 대해서도 잘 모릅니다. 게 다가 하루 중 거의 절반의 시간엔 잠에 빠져 있습니다. 그럼에도 불구하고 사람들은 스스로 똑똑하다고 생각하여 이 지구상에 완 고한 질서를 만들어놓았습니다. 참으로 심오한 사상가이며 의욕 이 넘치는 존재가 아닐 수 없습니다.

숲 속 바닥에 깔려 있는 솔잎 사이에서 나를 피하기 위해 애쓰 는 어떤 벌레를 볼 때면, 어쩌면 자신에게 도움을 줄지도 모르고 또 자신의 종족들에게 즐거운 소식을 들려줄 수도 있을 나를 피 하려 그토록 머리를 감추는 것인지 의아해합니다. 그럴 때마다 나는 저 높은 곳 어딘가에서 인간이라는 벌레를 내려다보고 있을, 훨씬 더 커다란 은인이며 지적인 존재를 생각해보지 않을 수 없습니다.

자연의 사람

헨리 데이비드 소로

Henry David Thoreau

생애와 사상

"만약 대학들이 현명하다면 졸업하는 모든 학생들에게 졸업장과 더불어, 아니 졸업장 대신 《월든》을 한 권씩 주어 내보낼 것이다."

— E. B. 화이트

행복한 삶은 자연에서 시작된다

헨리 데이비드 소로(Henry David Thoreau)는 28세 때인 1845년, 친구에게 도끼 한 자루를 빌려 월든 호숫가의 숲 속으로 들어갔다. 그는 그곳에서 직접 통나무집을 짓고 2년 2개월 동안을 살았다.

《월든》은 소로가 숲 속에서 스스로의 힘으로 자신이 살 집을 짓고, 농사를 지어 자급자족하면서 겪고 느꼈던 가장 자연적이며 인간적인 삶에 관한 보고서라 할 수 있다.

인간은 자연의 일부분이며 자연과 더불어 살아야 가장 행복한 존재이다. 그러나 생활의 편리함을 위해 간단한 도구를 만들어 쓰기 시작하면서 인간은 눈부신 과학기술의 발달을 통해 편리한 생활을 하게 되었지만, 정작 자신의 삶의 공간인 자연과 멀어졌으며 더 나아가 자연을 파괴하는 지경에까지 이르렀다.

소로는 《월든》을 통해 인간이 온갖 지혜를 다 짜내어 자신들의 생활에 도움을 주기 위해 만든 문명이 오히려 자연의 보존과 인류의 발전에 걸림돌이 되고 있음을 비판한다. 편리함으로 포장된 잘못된 삶의 방식을 버리고 인간에게 참다운 이익이 되는 삶을 살아야 한다고 주장하고 있는 것이다.

그는 자연과 더불어 사는 삶을 직접 체험하고 기록으로 남김으로써 인간이 문명을 통해 만들어낸 사회는 더 많은 것을 소유하기 위해 끝없이 경쟁만 할 뿐, 인간적인 삶과는 너무나도 많이 동떨어져 있음을 실증적으로 보여준다.

소로는 1817년 7월 12일 미국의 동북부, 대서양 연안에 위치한 매사추세츠 주의 콩코드에서 태어났다. 그의 삶에 영향을 준 것은 바로 콩코드의 아름다운 자연이었다. 인디언이 살던 땅 '콩코드'는 비옥한 토지와 거대한 숲, 강물이 끝없이 이어지는 지역으로, 소로는 그곳에서 경이로운 자연의 법칙과 소중함을 직접 체험하며 자랐다.

미국은 1830년대에 이르러 산업혁명이 본격화되면서 근대국가로 발돋움하는 전환기를 맞이하고 있었다. 1833년 하버드 대학교에 입학한 소로는 그리스·로마 고전에 심취했으며 영문학과 수사학을 공부했다. 또한 자연사를 함께 공부하며 인디언의 유물들에 관해서도 깊은 관심을 가졌다.

1837년에 대학을 졸업한 그는 콩코드에서 교사생활을 시작했지만 단 2주만에 교단을 떠나야 했다. '매질 대신 도덕적 훈계로 학생들을 가르치겠다'는 그의 소신을 학교 측에서 받아들이지 않았기 때문이었다. 그 후 1838년부터 형인 존과 함께 사설학교를 운영했다.

28세가 되던 해인 1845년 봄, 소로는 오래 전부터 꿈꾸어 오던 자연 속의 생활을 위해 월든 호숫가에 정착했다. 그는 2년 동안 월든 숲 속에서 직접 노동을 하고, 독서와 사색을 즐기며, 친구들과 교제하고 자연을 관찰하며 생활했다. 입을 것과 먹을 것에 집착하지 않고 먹을 만큼만 스스로 경작하여 식생활을 해결하고, 그 외의 시간은 자연을 관찰하고 자연과 교류하는 생활이었다.

세속적인 성공을 거부한 채 숲 속의 이모저모를 관찰하기 시작한 그는 서서히 대자연에 동화되기 시작했다. 숲 속에서 벌어지는 모든 일들은 아름답고 신비로웠다. 특히 월든 호수와 그 주변의 자연환경, 들꿩과 개미 떼와 오리들 그리고 계절의 변화와 함께 드러나는 자연의 경이로움에 흠뻑 빠져든 그는 사색과 독서를 통해 자신의 철학을 더욱 굳건히 한다. 언제든지 마음이 내

킬 때마다 강이든 숲이든 발길이 닿는 대로 산책하는 동안 그의 생각은 더욱 성숙해졌으며, 이때 《월든》의 초고가 씌어졌다.

사회문제에 대해서도 깊은 관심을 가진 소로는 미국의 영토 확장 정책(멕시코 전쟁)에 대한 깊은 불신과 함께 노예제도에 반대했다. 1846년 7월에는 인두세(人頭稅)의 납부를 거부하여 투옥되기도 했다.

이 사건이 일어나고 나서 2년 뒤인 1848년 소로는 무정부주의적 견해가 표명되어 있는 연설문을 발표하는데 이것이 바로 현재까지 수많은 사상가와 운동가들에게 지대한 영향을 끼친 〈시민의 불복종 Civil Disobedience〉이다.

소로는 1847년 9월 월든의 오두막 생활을 정리하고, 한동안 절친한 벗이자 사상적 동지인 에머슨의 집에 머물렀다. 그리고 월든 숲에서의 생활을 그린 《월든》의 초고를 다듬기 시작해, 일곱 번이나 고쳐 썼다. 소로 특유의 엄밀하고 아름다운 문체는 이러한 퇴고의 과정을 거쳐서 완성된 것이다.

1854년에 출간된 《월든》은 많은 사람들의 관심을 불러일으켰다. 유수한 대학을 나온 전도 유망한 청년이 숲 속에 오두막을 짓고, 자급자족하며 직접 체험한 자연의 보고서는 많은 사람들에게 신선한 충격으로 다가왔던 것이다.

그러나 소로는 한창 활동할 시기인 40대에 폐결핵에 걸린다. 물질보다 영혼을 중시하고 육신보다 정신을 중시하는 그의 사상은 죽음이 임박할수록 한층 공고해졌다. 그의 신체는 병마로 약해져 갔지만 정신만은 더욱 더 명료했다. 건강할 때나 병들었을 때나 늘 변하지 않고 해야 할 일이 있다는 것이 그의 생각이었다.

소로는 죽음 앞에서도 자신의 생각을 유지했다. 가장 친한 친구가 죽음의 고통에 대해 물었을 때 그는 "어떤 것들은 끝마치는 것이 당연히 더 좋은 것이다"라고 대답했다.

1862년 5월 소로는 자신이 태어난 집에서 숨을 거두었다.

현재 소로가 살았던 월든 호숫가의 오두막이 있던 장소에는 그를 기리는 돌무덤 하나가 쌓여 있다. 붉은 돌로 된 그의 묘비에는 이름과 사망한 날짜 이외에는 어떤 글도 새겨져 있지 않다.

"어느 곳 하나 소로의 발길이 닿지 않은 곳이 없는 콩코드 마을이야말로 그의 진정한 기념비다."

소로의 《월든》은 지난 150여 년 동안 수많은 사상가와 문필가, 정치가들에게 영향을 끼쳐왔다. 마하트마 간디는 소로가 주창한 '시민 불복종' 운동에서 자신의 '무저항 비폭력'이라는 독립

운동 방식을 이끌어냈으며, 인권운동가인 마틴 루터 킹과 마르셀 푸르스트, 윌리엄 예이츠와 같은 문인들과, 자연주의자인 스콧 니어링과 헬렌 니어링 부부 역시 그의 통찰력에 깊은 감화를 받았음을 고백하고 있다. 또한 최근의 환경운동가들은 《월든》을 최초의 녹색서적으로 평가하며 자연에 순응하며 자연의 일부로 살아가는 인간적인 삶의 모델로 삼고 있다.

단순하게, 또 단순하게 살 것!

1845년 3월 소로는 얼음이 녹고 새들이 지저귀는 봄에 오두막을 짓기 시작하여 미국 독립기념일인 7월 4일, 드디어 자신만의 오두막을 완성했다. 건축비는 겨우 28달러. 직접 만든 가구 몇 개만이 있는 그 오두막집은 가장 자연을 닮은 보금자리였다.

오두막은 월든 호수 북쪽의 비탈진 언덕에 지었다. 마을에서 그다지 멀지 않은 그곳에서는 새로이 놓인 철로와 삼림도로가 내다보였지만 주변 1마일 이내엔 아무도 살지 않았으며, 물가에 자리 잡고 있는 완전히 고립된 지역이었다. 방해 받지 않고 명상할 수 있었으며 가끔 마을의 친구들을 찾아갈 수 있는 그곳은 자신의 생각과 완벽하게 맞아떨어지는 장소였다. 그는 자연과 조화를 이루는 삶, 소박하고 검소한 삶만이 진정한 행복을 가져다줄 것이라 믿었던 것이다.

월든 호수로 가는 길목에 소로를 기념하며 방문객들이 쌓아놓은 돌무덤.

그는 아침 일찍 일어나 호수에서 멱을 감는 것으로 하루를 시작했다. 그것은 일종의 종교적인 행사였다. 그 행동을 통해 날마다 자신을 완전히 새롭게 하겠다는 다짐을 했던 것이다. 그는 하루하루를 새롭게 시작하지 않는 사람은 이미 절망한 사람이며 어둑한 내리막길을 걷는 사람이라고 생각했다.

아침 목욕이 끝나면 2에이커 반 정도의 밭을 갈아 콩을 심고 가꾸었으며, 감자와 완두콩, 순무 등도 심었다.

때늦게 종자를 뿌리고, 푸석푸석한 모래가 섞인 땅에 거름도 주지 않는 농사에서 그의 1년 수익은 고작 8달러뿐이었지만, 자급자족을 하는 그에게는 아무런 문제가 되지 않았다.

그는 거친 천으로 만든, 초라하지만 실용적인 옷을 입고 지냈다. 찌그러지고 비바람에 변색된 갈색 모자를 쓰고 다녔으며 옷이 찢어지면 기워 입었다.

228

식생활도 의복과 마찬가지로 매우 검소했다. 호밀과 거친 옥수수 가루로 직접 빵을 구워 먹었으며 가끔 호수에서 물고기를 잡기도 했지만 항상 채식 위주의 식생활을 선호했다. 정말 피할 수 없는 경우가 아니라면 생명은 절대 죽이지 않겠다는 것이 그의 철학적 원칙이었다.

소로는 월든 호숫가에서의 2년 동안 생존을 위해 필요한 최소한의 것 이외에는 물건을 사지도, 쓰지도 않았다. 손과 발을 움직여 직접 만들고 체험하는 생활 태도를 무척 중시했기 때문이었다.

그는 그런 소박함과 간소함을 실천에 옮기기 위해 숲 속으로 갔던 것이다. 그는 그러한 삶이 현실적으로 가능하다는 것을 보여주기 위해 세세한 생활비까지 꼼꼼하게 밝혀두었다. 숲 속에서의 검소한 생활이 충분히 가능한 일이며 그러한 삶이 문명사회에서의 삶보다 훨씬 낫다는 결론을 보여주려는 것이다. 즉 욕심을 부리지 않는 간소한 삶이 평생 동안 생계 유지의 고통에 빠져 있는 문명인들을 해방시켜준다는 것을 증명해 보인 것이다.

독서와 사색은 인간의 필수영양소

소로는 독서에 대해 이렇게 말했다.

"독서를 잘 하는 것, 즉 참다운 정신으로 참다운 책을 읽는 것은 고귀한 수련이며, 그 어떤 수련보다도 힘이 드는 단련이다. 독서에는 운동 선수들이 거치는 만큼의 훈련을 필요로 하며, 거의 전 생애에 걸쳐 꾸준히 독서하겠다는 마음가짐이 있어야 한다. 하지만 독서를 잘한다는 사람들마저도 양서를 읽지 않는다."

독서는 사람들에게 정신적인 자양분을 공급한다. 그러나 심심풀이로 하는 독서는 오히려 지적 능력을 가로막아 도움이 되질 않기 때문에 책을 선택하는 것도 독서만큼이나 중요하다. 그래서 소로는 지적 능력을 향상시킬 수 있는 양서를 읽는 것이 무엇보다 중요하다는 것을 강조했던 것이다.

소로는 난해한 형이상학적인 작품들이나 따분한 윤리 논문들을 좋아하지는 않았지만 자신의 사상처럼 한 분야에 치우치지 않는 독서를 했다.

소로는 하버드에서 공부하면서 그리스·로마의 고전에 대해 깊은 관심을 갖고 있었다. 그의 그리스 고전 연구는 평생 동안 지속되었으며 호머와 아이스킬로스 그리고 베르길리우스를 가장 좋아했다.

고전에 대한 예찬은 《월든》에서도 자주 등장한다.

"고전이란 인간의 가장 고귀한 사상을 기록한 것이다."

그의 독서 범위에는 문학적인 '고전'뿐만 아니라 아리스토텔레스와 카토와 플리니의 글처럼 농업과 자연사에 대한 것들도 포함되어 있었다.

또한 《바가바드기타》와 《비슈누 푸라나》, 《마누의 법전》 같은 동양 종교의 오래된 '경전'에도 관심을 기울여, 불어와 독어 번역

힌두교 3대 경전 중 하나로, 종교, 철학, 윤리, 문학이
깊이 있게 어우러져 있는 《바가바드기타》

린네(1707~1778). 오늘날 사용
하는 생물분류법인 이명법의 기
초를 마련한 스웨덴의 식물학자.

밀턴(1608~1674). 영국의 대문
호로, 실명한 이후에 쓴 《실락원》
으로 세계적인 명성을 얻었다.

판으로 공부하며 그 번역판들을 수집하기도 했다. 그래서 소로
의 작품에는 이런 고대의 저술들에서 인용한 문구들이 자주 등
장한다.

　"아침마다 나는 《바가바드기타》의 경이로운 철학으로 나의 지
성을 깨끗하게 한다. 이 책이 쓰여진 이후 신들의 시대는 지나갔
으며, 이것에 비하면 우리의 현대세계와 문학은 왜소하고 보잘
것없다. 그 철학의 숭고함이 우리의 개념과는 너무나도 동떨어
져 있어 나는 그것이 우리의 전생에 관한 것은 아닐까를 생각하
곤 한다."

232

자연에 관심이 많았던 소로는 식물학자인 린네를 존경했으며 드레이크의《항해기》등의 여행담을 즐겨 읽었다. 초서, 스펜서, 오시안, 허버트, 카울리 등 영국의 고대와 중세 시인들의 작품을 좋아했는데, 특히 밀턴을 좋아하여 그의 작품인 〈리시다스 Lycidas〉를 자주 읊조리곤 했다.

　또한 그는 토착 인디언 부족들의 기록을 탐독했다. 자신의 고향인 콩코드는 원래 인디언 부족인 알공킨족이 살았던 땅이었고, 콩코드 강가의 인디언이 지니고 있던 자연에 대한 본능적인 지식이 그에게는 특별한 관심을 불러일으켰기 때문이다.

특별한 우정을 나눈 사람들

소로에게는 자연주의와 초월주의에 대한 교감과 보다 깊은 사상적 교류를 나눌 수 있는 소중한 친구들이 있었다.

에머슨(Ralph Waldo Emerson 1803~1882)은 소로가 평생을 함께한 동료이자, 정신적인 스승이었다. 소로는 1837년 에머슨을 알게 된 후 그의 집에서 3년 동안 거주하며 사상적 교류를 나누었다.

미국 초기의 대표적인 사상가이자 시인인 에머슨은 하버드 대학교 신학부를 졸업한 후 성직자로서 봉직했다. 그러나 그의 자유주의 사상에 대한 교회의 반발로 1832년에 목사 직을 사직하고 이듬해 유럽으로 건너가 워즈워드, 콜리지, 칼라일 등의 지식인들과 교류했다. 특히 칼라일과는 깊은 교우 관계를 맺었으며, 그를 통해 칸트 철학으로 대표되는 독일 관념론의 영향을 강하게 받았다.

1835년에 귀국한 에머슨은 콩코드에 영구 거주지를 마련하고

소로가 책을 쓸 수 있도록 사상적 경제적 도움을 아끼지 않은 에머슨.

소로의 책 출간에 결정적 역할을 한 윌리엄 채닝.

'초월주의 운동'을 주창하며 1840년에 동료들과 기관지 〈다이얼〉을 발행했다. 1884년까지 발행된 이 잡지는 '동인잡지'의 원형이라고 할 수 있으며, 초절주의자들의 뛰어난 글들이 실렸다.

1839년 발표한 〈자연론〉은 삶의 법칙이 곧 자연의 법칙과 일치한다는 그의 사상을 잘 묘사하고 있다. 하버드에서의 강연을 통해 '생각하는 인간'으로서의 이상적인 모습과, 직관에 의한 진리의 인식을 주장하면서 급진 사상가라는 평가를 받았다.

에머슨은 시인으로서 세상의 모든 것이 시의 소재가 된다고 생각했으며 시는 자연스러운 생각을 바탕으로 삼아야 한다고 주장했다. 주로 철학적인 시를 많이 남겼으며 동양 사상의 영향을 받은 작품도 많이 남겼다.

채닝(William Ellery Channing 1818~1909)은 소로가 가장 신뢰했던 친구였다. 그는 소로에 관한 인상기라 할 〈소로 : 시인박물학자 Thoreau : the Poet - Naturalist〉라는 글을 발표해 친구의 진면목을 세상에 널리 알리고자 했다.

1841년에 콩코드로 이주해온 그는 천재였지만, 변덕스럽고 불안정한 성격으로 인해 많은 사람들과 교류하지는 못했다. 한 살 차이였던 소로와 채닝은 서로의 생각에 대해 깊은 이해를 지니고 있었으며 두 사람 모두 사회적으로 형성되어 있는 인습적인 규범을 거부하고자 했다.

상투적인 일상을 견디기 힘들어 했던 채닝은 대학을 졸업하지 않았으며 일리노이의 자연에 대한 헌신적인 애정을 품고 있었다. 그와 소로는 콩코드의 사람들이 현실적인 생업에 열중하고 있을 때, 1년 동안을 함께 지내며 토론과 산책을 즐겼다.

자연을 느끼고 교감하고 관찰하다

자연주의자는 자연을 사랑하고 언제나 자연과 깊은 교감을 나누는 사람을 말한다. 소로는 가장 적극적인 의미의 자연주의자라 할 수 있다.

콩코드에는 인디언들의 유물이 많이 묻혀 있었고 소로는 어릴 때부터 그러한 유적들에 깊은 관심을 보였다. 쇠락해가는 소수 인종의 유물을 통해 그들이 지녔던 정신에 대해 공감과 동정을 보낸 이유는 오직 자연에 대한 깊은 애정 때문이었을 것이다.

바다와 호수를 비롯한 자연 그대로의 것들을 사랑했던 그는 과수원의 사과보다는 야생의 것을 더 좋아했으며, 향기로운 정원보다는 적막한 습지를 더 아꼈다.

절친한 친구인 채닝은 소로에 대해, '이 자연의 아이에게는 끝없는 호기심과 연속되는 신선함 그리고 활기찬 경이보다 더 즐거운 것이 없었다'고 표현했다.

동물에 대한 사랑 역시 특별한 것이어서 동물의 본능적인 행동을 지켜보며 가장 자연적인 지혜와 조화로움이 있음을 파악했다. 또한 그러한 것들에 대한 이해를 통해 인간이 지닌 오만한 자기만족을 철저히 배격했다. 소로에게 있어 동물은 존중 받아 마땅한 '마을의 시민이자 더불어 사는 동료 피조물'이었던 것이다.

월든 호숫가의 오두막은 그가 머무는 공간일 뿐만 아니라 동물들의 보금자리이기도 했다.

소로는 시인이자 박물학자로서의 입장을 견지했다. 따라서 자연을 관찰하고 분석하는 방법에 있어 과학자들과는 전혀 다른 태도를 지니고 있었다. 그는 새를 손으로 잡기보다는 사랑으로 포옹하기를 원했기 때문에 관찰은 했지만 절대 실험용으로 살상하지는 않았다.

소로의 일기를 보면 그가 얼마나 자연과의 교감에 몰두했으며, 계절의 변화와 함께 일어나는 자연현상들에 대해 얼마나 민감하게 반응했는가를 알 수 있다. 그는 동물들의 습성을 관찰하여 아름다운 글로 남겼으며 꽃과 낙엽, 강물의 수위 그리고 호수의 온도 등의 자연 현상을 면밀히 관찰하여 기록으로 남겼다.

그가 남긴 기록들은 자연을 이성적으로 알고자 하기보다는 감성적으로 깊이 느끼기를 권유하는 아름다운 보고서이다.

숲 속의 학생, 자연의 어린아이로 살다

　매사추세츠 주의 콩코드는 원래 인디언이 살던 지역으로 끝없는 강과 드넓은 숲이 펼쳐져 있는 곳이다. 울창한 숲과 광활한 초지로 둘러싸여 있고 마을에는 평탄하고 호젓한 오솔길이 많이 있다.

　소로는 아름다운 콩코드의 강에 대해 다음과 같이 적고 있다.

　"콩코드 초원의 완만한 동맥은 속삭임도 없이, 맥박 치는 기색도 없이 몰래 마을을 빠져나가 남서쪽에서 북동쪽으로 50마일을 조용히 흘러간다. 거대한 물길이 높은 지대에서부터 뒤축 없는 신을 신은 인디언 전사처럼 조심스러운 발걸음으로 견고한 대지 위의 평야와 계곡을 쉴 새 없이 흘러간다. 자신의 태고적 저수지로 서둘러 가는 것이다."

　소로가 자신의 은신처로 마련한 월든은 조그마한 호수로, 숲

콩코드 숲

이 우거진 언덕으로 둘러싸여 있으며 연록색 빛이 도는 호수 물은 맑고 투명하여 30피트나 되는 바닥까지 들여다보인다.

월든 호수에서 벌어지는 모든 풍경의 변화에 대한 소로의 세밀한 관찰과 묘사는 그의 시적 상상력과 문학적 재능을 마음껏 드러내보인다. 그곳에서 자라나는 식물과 호수 속의 물고기들을 관찰하며 그는 자연과 생명체에 대한 경외를 체험하고 또 자기 자신을 순화시켰다. 하늘과 호수의 교감을 느끼며 자기 자신도 그것에 빠져들었다.

그렇게 하여 비로소 자연의 일부분으로서의 인간에 대해 절절하게 깨달았던 것이다. 새 소리와 천둥소리, 봄이 가까워지며 얼음이 깨어지는 소리 등을 통해 자연의 변화와 원리를 이해하고 감동했다.

콩코드의 울창한 숲에는 새들과 야생 식물이 다양하고 풍부하다. 고귀한 나무들에는 테를 두른 이끼가 가득하고 드넓은 초원

월든 호수

엔 야생화들이 수를 놓듯 펼쳐져 있다.

　20마일 가량 떨어져 있는 바다의 숨결이 느껴지는 콩코드는 1년 내내 산책하기에 좋은 기후를 하고 있다. 여름 밤에는 시원하고 상쾌하고 가을에는 서늘하며 눈부신 기후가 오랫동안 유지된다.

　자연 속을 거니는 것은 소로에게 있어 자기 삶의 방향을 찾는 일이었다. 자연은 그의 서재이며 응접실이며 우주의 아름다움을 즐기며 문학으로 승화시키는 집필 장소였다. 그는 스스로 호수나 숲처럼 자연의 일부분이 되기를 열망했다.

"나는 그 어떤 곳에서건, 인간의 왕이 되기보다 숲 속의 학생이 되고, 자연의 어린아이가 되고 싶다."

소로는 어려서부터 아름다운 자연을 직접 체험하며 자랐으며 생의 거의 대부분을 콩코드에서 자연과 함께 보냈다. 자연은 그의 삶과 문학 그 자체였다.

건강한 공동체를 위한 개인주의

소로가 태어나고 자란 콩코드는 초월주의 운동의 중심지였다. 새로운 국가를 건설하겠다는 열망에 휩싸인 19세기의 미국인들을 사로잡은 '초월주의'는 칸트의 철학에 그 근원을 두고 있다. 각 개인의 내면에 존재하는 신(神)으로의 귀일, 물질에 대한 정신의 우위 등이 기본적인 사상이었으며 당대 미국 지식인들의 사상에 커다란 영향을 끼쳤다.

물질에 집착하는 세태를 비판하는 젊은 사상가들이 중심이 된 초월주의 운동은 당대 미국의 문학과 정치에 가장 강력한 영향력을 행사했던 이른바 '콩코드 그룹'을 등장시켰다. 콩코드에서 주로 활동한 그들을 '콩코드 그룹'이라 부른 것이다.

그들은 1840년에 계간지 〈다이얼〉을, 1845년에는 주간지 〈선구자 Harbinger〉를 발간했다. 이 잡지들은 대중적인 지지는 얻지 못했지만 새로이 건설되는 나라에 적합한 새로운 철학으로서 능력 있는 작가들이 자신의 작품을 세상에 드러낼 수 있는 기반

초월주의자들의 생산과 나눔 실험공동체였던 브룩 팜. 1847년에 해체되었다.

이 되었다.

1841년 초월주의자들은 보스턴에 세운 '브룩 팜 Brook Farm'
에서 사회주의적 공동체 생활을 실험하면서 자신들의 이상을 현
실에 적용시키려 했다. 미국의 유니테리언 교회 목사이며 사회
운동가인 조지 리플리(George Ripley)가 주도하여 설립한 이 농
장 공동체는, 공동생활, 공동생산을 하면서 생산 수입은 각자 그
생산에 제공한 자본과 노동의 양에 따라 분배하는 것을 이상으
로 삼았다. 그들은 이성보다는 감성과 직관을, 사회보다는 개인
을 더 중시했다. 전통과 관습의 굴레를 벗어던지고 자연 속에서

전혀 새로우면서도 인간적인 기쁨을 추구하고자 했으며 스스로 생각하고, 자신의 손으로 직접 노동할 것을 주장했다.

대표적인 초월주의 시인 휘트먼

초월주의 운동의 중심지에서 태어나고 자란 소로의 일기와 시편 그리고 편지에는 초월주의적 태도가 담겨 있다. 통상적인 인습에 안주하는 것을 몹시 싫어했던 그의 태도는 주로 초월주의의 영향에 의한 것이라 할 수 있다.

초월주의 세계관을 작품 속에 드러내었던 작가로는 소로와 깊은 친분관계를 유지했던 에머슨과 휘트먼, 나다니엘 호손 등을 꼽을 수 있다. 에머슨은 자신의 저술 〈자연론〉을 통해 낭만주의적 개인주의를 강력히 피력했다. 그는 인간은 자연과 새로운 관계를 모색해야 하는데, 그것은 인간과 자연이 일체함과 동시에 한 부분이기 때문이라고 주장했다.

이러한 에머슨의 주장을 시로써 구현해낸 사람이 바로 월트 휘트먼(Walt Whitman 1819~1892)이다. 그는 범신론적 우주관으로 자연과 인간을 신성시하고 모든 생명을 소중히 여겼으며 인간을 무한한 가능성의 존재로 보았다. 또한 〈주홍글씨〉로 유명한 소설가 나다니엘 호손(Nathaniel Hawthorne 1804~ 1864)은 브룩 팜의 경험을 토대로 한 소설 〈블라이스데일 로맨스〉를 발표하기도 했다.

개인주의의 위대한 힘, '시민불복종'

소로는 '전혀 다스리지 않는 정부가 가장 좋은 정부'라는 생각을 품고 있었으며 자신의 무정부주의적인 견해를 대중강연을 통해 널리 알렸다.

특히 미국정부의 노예제도와 멕시코와 전쟁에 반대해 인두세(人頭稅: 각 개인에게 일률적으로 부과하는 조세)의 납부를 거부했다.

"나는 세금 징수인을 통해 미국정부나 주정부를 1년에 단 한 번 직접 마주친다. 만약 올해 1,000명의 사람이 세금 납부를 거부한다 해도 그것은 조금도 폭력적이거나 잔인한 조치가 아닐 것이다. 오히려 세금을 납부하여 국가로 하여금 폭력을 행사하도록 하고 그 때문에 무고한 사람이 피를 흘리도록 내버려 두는 것이 더 폭력적이고 잔인한 조치가 아니겠는가?"

무저항 비폭력운동의 지도자 간디　　미국의 인권운동가 마틴 루터 킹

세금징수인이 인두세를 징수하기 위해 찾아왔을 때, 소로는 '사람을 매매하는 데 쓰이는지, 사람을 죽이는 총을 사는 데 쓰이는지 알 수 없다'는 이유로 세금 납부를 거절했으며 결국 투옥되었다.

그때의 경험을 바탕으로 쓴 〈시민 불복종 Civil Disobedience〉에서 소로는 '정의와 선에 대한 올바른 생각으로 행동하는 소수의 개인'이 이 세상을 참되게 한다는 주장을 펼쳤다.

"자유의 피난처임을 자임해오던 이 나라의 국민 중 6분의 1이 노예이며, 또 한 나라의 전 국토가 외국 군대에게 짓밟히고 점령되어 군법의 지배하에 놓였을 때, 정직한 사람들이 일어나 저항

하고 혁명을 일으켜야 한다. 그렇게 해야만 하는 이유는 짓밟힌 나라가 우리나라가 아니며 오히려 침입한 군대가 우리 군대라는 사실에 있다."

그의 생각은 기본적으로 미국 독립선언에 명시된 저항권의 이념을 발전시킨 것이라고 할 수 있다. 이후 그의 사상은 세계 각처에서 민중운동의 지표로서 계승되었으며, 특히 비폭력 저항 운동가인 인도의 마하트마 간디와 미국의 인권운동가 마틴 루터 킹에게 큰 영향을 끼쳤다.

인간의 언어로 표현된 자연의 진면목, 《월든》

소로의 문학에 관한 견해는 자신의 저서 《콩코드 강과 메리맥 강에서의 일주일》에 잘 드러나 있다.

"한가롭게 공부만 하는 것보다 더 수치스러운 일은 없다. 장작 패는 법이라도 배워야 한다. 학자라 할지라도 땀 흘려 일하고, 여러 사람과 대화하며, 다양한 사물들을 마주해야 한다. 노동은 공부와 마찬가지로 집중력을 필요로 한다. 그러므로 글 속에서 쓸데없는 다변과 감상을 없애는 가장 분명하고 효과적인 방법은 노동을 하는 것이다.

아침부터 저녁까지 열심히 일을 했을 경우, 그 시간 동안 생각의 흐름을 놓쳐버렸다고 슬퍼할 수도 있다. 그러나 저녁이 되어 집으로 돌아와 그날의 경험을 단 몇 줄이라도 적어놓고 읽어보라. 상상력은 뛰어나지만 게으른 공상에 불과한 글보다는 더욱 음악적이고 진실을 담고 있는 글일 것이다."

그는 작품의 외적 형태나 마무리는 중요하게 생각하지 않았다. 작품의 내적 정신에 비해 문학적 외형은 부차적인 것이라고 믿었기 때문이었다.

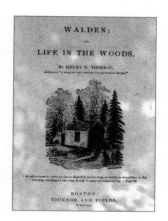

《월든》 초판 표지. 삽화는 소로의 여동생인 소피아가 그렸다.

소로는 자신의 글에서 자연의 향취가 묻어나야 한다고 생각했다. 소로는 신선한 자연의 향기를 문학에 첨가했으며, 성공을 염두에 두지 않고 쓴 그의 소박한 글들은 가장 빛나는 성공을 거둘 수 있었다.

그의 글의 특징이라 할 소박한 활력은 들판에서 노동할 때처럼 늘 변치 않았던 근면성에서 비롯된 것이었다.

"글쓰기의 단 한 가지 원칙은 진실을 이야기하는 것이다. 그것이 첫번째이자 두번째의 그리고 세번째의 대원칙이다."

소로가 남긴 글의 특징은 '집중'이라 할 수 있다. 불필요한 단어는 거의 없으며 하고자 하는 이야기를 정확하게 표현해낸다.

그는 직관적이며 낯선 단어를 통해 독자들의 관심을 새롭게 이끌어낸다.

《월든》은 그 내용과 더불어 간결하고 생동감 넘치는 언어로 더욱 유명하다.

"갈매기 떼가 머리 위를 맴돌고, 사향쥐들은 물에 잠긴 채 필사적으로 헤엄쳐 간다. 바람과 햇빛이 넘실대는 강가에는 생쥐, 두더쥐, 박새들이 끊임없이 오간다. 산딸기는 강물에 떠밀려 물가로 모여드는 붉은색의 작은 보트처럼 오리나무 사이에서 물결에 흔들리고 있다."

소로는 대학을 졸업하던 해부터 죽음을 맞이할 때까지 일기를 썼으며, 이것을 모두 합하면 무려 30권이 넘는 분량이 된다.

에세이나 강연 원고를 준비하면서 이 일기 속에서 다양한 주제들을 찾아냈다. 소로의 친구였던 블레이크는 일기의 일부분을 편집하여 《매사추세츠의 이른 봄》, 《매사추세츠의 여름》, 《매사추세츠의 가을》, 《매사추세츠의 겨울》이라는 네 권의 책으로 묶어 출간했다.

소로는 문학인으로서의 사명보다 좀 더 충만하고 높은 인간으로서의 소명을 늘 잊지 않으려 했다.

그는 예술 이전에 자연을 생각했으며, 문학 이전에 삶을 생각했다. 그는 문학과 노동이 합일될 때만이 진실한 문학 작품이 된다는 것을 몸소 실천했던 사람이었다.

월든, 행복했던 시간들

헨리 데이비드 소로의 《월든》은 십수 년 전, 대학에서 미국문학사를 공부할 때 처음 마주쳤던 작품입니다. 당시 교수님께서 얼마나 자주 그리고 열정적으로 월든을 소개해주셨던지 졸업 후에도 아주 오랫동안 월든에 대한 기억을 간직하고 있었습니다. 그리고 어느 때인가 월든이 완역되어 나왔다는 소식을 듣고는 무릎을 탁 칠 수밖에 없었습니다. 책과 관련된 일을 하고 있었으므로 언젠가는 내 손으로 《월든》을 엮어내야겠다는 생각을 품고 있었기 때문입니다. 그리고 몇 년이 지나 기회가 왔습니다. 비록 완역본은 아니지만 월든의 발췌 번역본을 만들게 된 것입니다.

초벌 번역을 하는 데 원래 계획했던 것보다 더 많은 시간이 필요했습니다. 기획의도에 맞추어 발췌하는 일이 쉽지 않았던 데

에다 소로의 생각을 쉽고 편안한 마음으로 이해하도록 정리하는 것도 쉬운 작업이 아니었기 때문입니다. 하지만 이 작업을 하는 동안 무척 즐거웠습니다. 번역은 고된 일이지만 소로의 안내를 따라 월든의 호수와 숲 속 오솔길과 강물을 둘러보는 일은 무척 행복한 경험이었기 때문입니다.

소로는 진정으로 무위자연(無爲自然)을 실천한 철학자이며 범부이며 농사꾼이며 시인입니다. 그의 눈앞에 펼쳐지는 모든 풍경, 그의 귀로 들려오는 모든 소리는 맑은 그의 문장을 따라 독자들에게 있는 그대로 전달됩니다. 150여 년 전 미국땅 어느 한 귀퉁이에 있던 그 아름답던 숲과 호수의 모습이 너무나도 생생하여 쉽게 잊혀지진 않을 것 같습니다.

책을 마무리하면서 가까운 날에 완역본을 내야겠다는 생각을 했습니다. 소로가 공유하고 싶어 했던 느낌과 생각들을 제대로 소개하고 싶다는 의욕이 생긴 겁니다. 그리고 소로가 이끄는 대로 월든 숲 속을 다시 한 번 거닐어보고 싶기 때문입니다. 《월든》은 그렇듯 읽고만 있어도 행복한 책입니다.

옮긴이 권 혁